高建群全集

你我皆有来历

高建群　著

陕西师范大学出版总社

图书代号　WX24N0101

图书在版编目（CIP）数据

你我皆有来历 / 高建群著. —西安：陕西师范大学出版总社有限公司，2024.1
（高建群全集）
ISBN 978-7-5695-4274-5

Ⅰ.①你⋯　Ⅱ.①高⋯　Ⅲ.①散文集—中国—当代　Ⅳ.①I267

中国国家版本馆CIP数据核字（2024）第004425号

你我皆有来历

NI WO JIE YOU LAILI

高建群　著

出 版 人　刘东风
总 策 划　孙留伟
责任编辑　杨　杰
责任校对　刘　畅
出版发行　陕西师范大学出版总社
　　　　　（西安市长安南路199号　邮编710062）
网　　址　http://www.snupg.com
印　　刷　北京天宇万达印刷有限公司
开　　本　880 mm×1230 mm　1/32
印　　张　7.5
插　　页　2
字　　数　180千
版　　次　2024年1月第1版
印　　次　2024年1月第1次印刷
书　　号　ISBN 978-7-5695-4274-5
定　　价　67.00元

读者购书、书店添货或发现印刷装订问题，请与本公司营销部联系、调换。
电话：（029）85307864　85303629　传真：（029）85303879

总　序

　　文稿一旦变成铅字，一旦成为一本装帧得或粗糙或精美的书本，那它就是一个独立的存在了。它将离你而去。它将行走于世间。它将开始它自己的宿命。它或被读者供之于殿堂，视为经典，视为对这个时代的一份备忘录；或被读者弃之于茅厕；或被垃圾处理厂重新化为纸浆，以期待新的人在上面书写新的东西。凡此种种，那就看这本书它自己的命运了。

　　这时，于作者本人来说，倒是没有太大的干系了。于是他成了一个旁观者。他和这本书唯一的联系是，那书本的额头上，还顶着他卑微的名字。知道《一千零一夜》中的《渔夫和魔鬼的故事》吗？渔夫打开铅封的所罗门王的瓶子，于是一缕青烟腾起，魔鬼从瓶子里走出来，开始在世界上游荡，开始在暗夜里敲打你的门扉。渔夫这时候唯一能做的事情，是一手拿着空瓶子，一手捏着瓶子盖儿，傻乎乎地看着他放出的魔鬼，横行于世界。

　　此一刻，在这二十五卷本的"高建群全集"即将付梓出版之际，我感到我的已日渐衰老的身躯，便宛如那个已经被掏空的——或者换言之——魔鬼已经离你而去的空瓶子一样。此一刻，我是多么虚弱而疲惫呀。

人生一场大梦，世事几度秋凉。一想到这个名叫高建群的写作者，在有限的人生岁月中，竟然写出这么多的文字，我就有些惊讶。一切都宛如一场梦魇！这是一笔一画写出来的呀！如果我不援笔写出，它们将胎死腹中。但是很好，我把它们写出来了，把它们落实到了纸上。

那每一本书的写作过程，都是作者的一部精神受难史。

建于西安航空学院的高建群文学艺术馆，要我给一进馆的墙壁上写一段话，于是我思忖了一个星期，最后选定帕乌斯托夫斯基《金蔷薇》中的一段话，写在那上面。那么请允许我，也将这一段话写在这里：

> 是什么东西迫使一个作家，从事这种庄严的但却又是异常艰辛的劳动呢？首先是心灵的震撼，是良心的声音。不允许一个写作者在这块土地上，像谎花一样虚度一生，而不把洋溢在他心中的，那种庞杂的感情，慷慨地献给人类。

谎花是一种虽然开放得十分艳丽，但是花落之后底部不会坐上果实的花。植物学上叫它"雄花"，民间则叫它"谎花"。

我们光荣的乡贤，以大半辈子的人生履历，驰骋于京华批评界，晚年则琴书卒岁，归老北方的阎纲老先生说：

> 相形于当代其他作家，高建群是一个马拉松式的长跑者，他以六十年为一个单元，在自己的斗室里，像小孩子玩积木一样，一砖一石地建筑着自己的艺术帝国。他有耐性，有定力。喧嚣的世界在他面前，徒唤其何。

当我听到阎老的这段话时，我在那一刻真的很感动。感动的原因是世界上还有人在关注着这个不善经营不懂交际的我。诗人殷夫说："我在无数人的心灵中摸索，摸索到的是一颗颗冷酷的心！"现在我知道了，长者们一直作为艺术良心站在那里，为当代中国文学保留着它最后的尊严。

　　"有些故事还没讲完那就算了吧！"这是一首流行歌曲里的话，如果这个名叫"总序"的文字，需要拿出来单独发表的话，建议用这句话作为标题。

　　我们这一代人行将老去，这场宴席将接待下一批饕餮客！人在吃完宴席后，要懂得把碗放下，是不是这样？！

2020年10月11日早晨6点
写于西安

目录
CONTENTS

辑一　向北方三叩首

辑四　每个人生活在自己的命运中

辑一　　向北方三叩首

北方漫步

在祖国北方辽阔的原野上，从轩辕黄帝始，像花儿一样一代一代地开出一朵一朵的坟墓。前些年，当我还是一名测绘工作者的时候，我曾经背着我的测绘夹子，热泪涟涟地在这些坟墓之间游历。我走着，或步行，或骑马，或乘车，东北，西北，华北，可以毫不夸张地说，整个北方大地到处留下我的或深或浅的足迹。在空旷的北方原野上，四周空荡荡的，我们常常找一座坟墓做地图的坐标。当我背着测绘夹子，一步步地向坟墓走去时，我常常猜想，这座坟墓是哪个世纪的，是谁的，这人在生前都有过哪些业绩，是轰轰烈烈地度过一生呢，还是碌碌无为地白活了一世。

有时候，我们会在一座坟墓旁高大的林荫树下露宿。夜晚的时候，这树常常会在风的摇曳下，呜咽不止，甚至有许许多多奇怪的声音会闯入我的梦境，使我在第二天的工作中，长时间地带着怅惘的情绪。久而久之，我产生了一种新奇的想法，我认为这样的坟墓里埋葬着的一定是个怀才不遇的人，那些轰轰烈烈过的人死后会安宁的，那些碌碌无为过的人死后也会安宁的，独有这些怀才不遇的人，他们一辈子苦苦修行，一辈子等待时机，但最后终于耿耿于怀地死去了。他们被埋在了地下——像一颗没有爆发的精神原子弹被埋在了地下，他们能安宁吗？先前，我还常常站在司马迁墓前遗憾，后来我不遗憾了，我觉得他还是幸运的，他毕竟轰轰烈烈过，毕竟给人间留下了一点东西，而有些人也许和他同时代，也许比他更有才华，却无香无臭地了结一生，没有在历史上留下任何痕迹，只有这原野上的一个土包，任后人作无凭的猜测。

古老的北方啊，在你一望无际的原野上，有多少座这样的坟墓呀！当我们从你的土地上走过的时候，我们心中那种针刺麻醉般的感觉，就是这样的坟墓引起的吗？你的清晨奇丽的迷雾和夜晚魔幻般的暗蓝，也都与这些坟墓有关吗？

在我的游历生涯中，我还接触到许多令人震惊的人物，他们的工作平平常常，他们的相貌平平常常，他们说起话来也平平常常，但只要你能撬开他们的嘴巴，走入他们的内心，你就不得不像突然在眼前发现一座大山一样震惊不已，你就会觉得自己不过是个很浅薄的人罢了。这样的例子我能举出很多很多。这些人物为什么会被社会所埋没呢？通常有三种原因，一种是，他们被各种各样有形无形的绳索捆绑着，就像被蜘蛛网定的飞虫一样，只能颤动，不能奋飞。一种是，他们始终不气馁，始终苦苦追求着，但是，命运老是和他们作对，老是把他们放在被冷落的位置上。还有一种是，这种人不知道自己的才华，他们总是处在一种昏昏欲睡的思想状态中，只要有人轻轻地给他们一巴掌，他们就会醒过来，开始人生的旅程。我经过长久的痛苦思考，终于得出了结论：我们毕竟和坟墓里的人们所处的时代不同了，我们不能闪光的原因在于我们本身的弱点。当然是可以从生活中找出百条客观原因的，但是我认为主要原因在主观方面。你被各种各样有形无形的绳索网住了吗？那你为什么不用这个机会，使自己壮大起来？不能长高，就长粗罢。网能网住飞虫，却不能网住狮子，当你成为一只雄狮的时候，这些网不挣自破。命运老是和你作对么？确是这样的话，你能不能做一次深刻的自我检讨，看本身有没有什么弱点。虚荣心、骄气、自私心理、各种欲望，还有毅力不够等等，这些东西都足以使一个人停滞不前，甚至毁灭他的事业。至于那些昏昏欲睡，在北方的原野上自生自灭的天才们，他们更应该对自己的无所作为负主要责任，这里就不啰嗦了。

当我意识到我的测绘笔只能划出地形地貌，而不能划出大地的灵魂的时候，我就主动放弃了测绘笔，拿起蘸水笔来。现在，在这寂静的夜晚，一股怅然的思绪又来骚扰我了，这是一种职业病，一种我在游历生涯中形成的职业病。它不能随我测绘工作的停止而打住，也许要伴随我一生了。于是，我拿出一个记事本，这里面画着一张张的草图，每一张草图都把我带到北方的一个地方，引出一个悱恻动人的故事。

踏秋记

　　市场沟口向阳的一侧，寒来暑去，常常聚集着一群老汉。我还不到脱却烦恼一身轻的年龄，所以，每每从此经过，只报以一个会心的微笑，便匆匆地忙自己的去了。一日路过，忽听一垂垂老者，仰天长啸曰："假如再让我年轻二十岁！"是哟，让这些老者们年轻起来，重活二十岁，那以他们的智慧和人生阅历，将会干出一番怎样的事业哟！我低吟良久，突然醒悟，这老者不正是送话于我么？倘若我暂时能忘却自己的年龄，到老人群里走一遭，或者干脆说，一下子变成了老者，生活一段，再回到现在的年龄上来，那该多好啊！那我就有了老者的阅历，又有了还算年轻的年龄；那就会对生命、时间、人生这些东西，有一个深刻的理解；来日方长，那我一定会取得大成功了。主意拿定，于是，将腰蜷起，将腿打硬，将生命的节奏打乱，悠悠乎，颤颤乎，混迹于这老人群中了。秋色正浓，我一个老者一个老者地交谈，倾听絮絮细语，如倾听秋草之震颤。老者亦不知我不是老者矣。

　　此一举，谓之踏秋也。

木塔寺

　　木塔寺是一座隋唐年间建立起来的佛家寺院，是隋文帝杨坚为他的皇后独孤氏参禅修佛所建的。它的位置在现在的西安高新区科技六路和唐延路交会的地方。

　　历史上的木塔寺，大约是当时长安城里最大的建筑。

　　说它大，一是说它高，当时寺内建有两个木质高塔，这木塔的高度是今99米。99米是一个什么概念呢？就是说，比现在的大雁塔还高30多米。当然，比起钟楼来说就更高出许多了。在当时，这真是座了不起的高塔，是当时长安城最高的建筑。大约从长安城建城开始，一直到当代高层建筑没有风行之前，这几千年间，它都是长安城的第一高度的建筑。

　　二是说它阔。这个木塔寺，它在当时占地有多大呢？高新区管土地的同志告诉我，他们在距双塔遗址5千米以南的郭杜镇，发掘出了这双塔寺南门的遗址和南院墙遗址。这就是说，如今高新区二期工程所辖的这偌大地面，其实大部分正是木塔寺的遗址。

　　木塔寺塔已经没有了。这座长安城当年的第一高塔，中国建筑史上的里程碑式的作品，大约毁于唐末的黄巢起义中。

　　黄巢这个人，我一直不喜欢。不喜欢的原因是他仇视文化人。

他攻下长安城以后，不但把城里的文化人都杀了，而且把那些会哼个顺口溜的学究也都抓起来杀了。他为什么那么仇视文化呢，我不知道。大约他因屡试不第而产生了这么强烈的仇视文人的心理。

如今，见这木塔寺被烧，我对黄巢的不喜欢又增加了一层。黄巢也会作诗。他那"待到秋来九月八，我花开后百花杀。冲天香阵透长安，满城尽带黄金甲"，就是一首流传很广的作品。我想那近百米高的两座塔，一旦烧起来，会是一种蔚为壮观的景象。黄巢在旁边看着，一群身披黄金锁甲的士兵簇拥着他。那一刻，他一定觉得自己很了不起，终于活成一个人物了。

前面我们说这木塔寺的兴盛。下来，我想说说我现在见到的这21世纪阳光下的木塔寺的情景。

当年那十里方圆，禅房错落，木塔高耸，僧侣如云的木塔寺，现在当然已经不复存在了。白茫茫的大地真干净。

现在这地方缩小到一个有3000亩地大的村子，这村子叫木塔寨。这木塔寨和木塔寺遗址隔一条马路。这路就是科技七路。

木塔寨的搬迁，已经完成。全球工业化进程不可避免地要将许多村庄吞没，这木塔寨也在被吞没之列。世界就是这样子的。这是没有法子的事情。

现在的木塔寺，占地有30多亩，是个园子，那园子里种满了树木，四周则用围墙围着。双塔遗址，就在这围墙内。

我现在要惊呼一声的是，这30多亩方圆地面的建筑、树木、气息，甚至包括流淌着的空气，竟然完完整整地保存着老西安的风貌。甚至于，是隋唐年间长安城的风貌。

南边有一座城门。这门也许当年是西安的一座南门，或者是这木塔寺的一座寺门，或者两者兼而有之，既是城门，又是寺门。

城门洞是用石头砌的。那洞儿现在已经用砖块封满，但是那光滑的石铺地面告诉我们，当年车水马龙，人头攒动，引车卖浆者车流蜂拥的场面，恍如昨日。

那城门洞两边，各卧着一块石头，这石头大约是当年安门扇的地方，那城门洞的左右两边墙壁上，还各有一个老碗大的窠臼。这两个石窠子十分光滑，我用手摸了摸，光滑得甚至有些黏手。那石头是民间所说的那种青石，所以这两个石窠泛着青色的光。

那么，门洞上的这两个石窠是做什么用的呢？我请教当时高新区规划建设局的同志陈方。陈方说，当时，关了城门以后，要给这门上加一道关子，也就是民间所说的那种"门关子"。不过这城门的门关子，大约像一根檩那么粗，那么长，所以得两个守门人抬了，挡到门上去，那石窠子就是卡这门关子的地方。

说了城门，再说木塔寺院子当中那两棵龙爪古槐。两棵古槐，一东一西，站立在园子的道路两侧。那树十分粗壮，大约得四五个人挽起手来，看能不能合抱住。树不算高，约有 10 米吧。这不高的原因是它是龙爪槐。所谓龙爪槐，大约是当年栽树的时候，将树头埋在土里，当根来用，将树根露在外边，让它当树冠一样长。这样那冠长起来，枝条就像一个一个的龙爪，整个树冠气象森森，十分不凡。

据说这两棵树是隋文帝杨坚与他的皇后独孤氏种的"夫妻树"。这个独孤氏，当年也是一个极有权势的女人。历史上把她与隋文帝，合称"二圣"。这木塔寺的双塔，其实就有日月经天，二圣并立的意思。

叫我诧异的是，这两棵龙爪古槐，长得如此葱茏，如此茂盛。已有 1500 多年的树龄，还如此青春勃发，真叫人吃惊。西安城中，类似这么高龄的古槐，大约还有那么可数的几棵。但那几棵（比如西门外的那一棵），都已气息奄奄，仿佛是靠药物维持的植物人一样了。

这大约与这一块地面的地气有关，与周围的环境有关。在这个叫木塔寺的地方，西安市成立了一个木塔寺苗圃。现在这苗圃划归高新区。因此这个院子里，郁郁葱葱都是树木。四周那些地面，均为世俗气息。独这地方，始终是一方净土。

这两棵树木奇异。更奇异的是每棵树的根部，都卧着一个石雕的大龟。这一个龟有几吨重。看起来，庞大的一棵树，像是被龟驮着行走似的。我们去看时，一只龟还在那树底下卧着，另一只龟，不知道到哪里去了。陈方有些急了，她说上一次她来看时，龟还在。这样我们满院子寻找，终于在院子里靠近北门的地方，找到了另一只龟。陈方安顿看管的人说，要看好它，不能让人偷走了。这是文物。

说了这树，再说木塔寺北边的那座寺庙。这寺庙如今还有香火。它之所以没有像其他的寺庙一样被战乱毁坏，被这历朝历代的火灾所焚，原因正像那城门洞子一样，它是用石头砌的。

它的形状和修砌用的不规则石块，更像陕北的那种窑洞。现在偌大的西安市中，这种石砌的窑洞我还从来没有见过。是不是隋唐年代的西安人，也住这样的窑洞呢？我们不知道。

这双塔遗址，这城门洞儿，这龙爪古槐，这石砌寺庙，它们组成了木塔寺的风景。在这个人欲纵流的世界上，木塔寺为西安这块古城留下了最后一道老风景，一块活化石。

我想这正是它的价值。现今我们建了许多仿古建筑，这些建筑虽然足以乱真，但它是假的。一块 2000 年前的砖和一块今天刚出窑的砖，那感觉绝对不同；一幅永泰公主墓中出土的壁画，和现今那些涂着现代色彩的仕女图，绝对是两样东西。

隋朝是中国历史上一个短命的王朝。有人说，那杨坚后来是被儿子杨广杀死的。杀人现场在今天麟游的九成宫，葬在泰陵（现杨凌）。

不过那个隋炀帝杨广，虽然在历史上有大恶名，但却是一个有为的皇帝。杨广一生干过几件大事。第一件事是修运河，有了运河，才有了后来的中国繁荣。第二件事情则是在甘肃武威那地方，召开过一次万国通商大会。那大会大约就像今天我们的广交会一样。

杨广被杀前半年，声色犬马之中，有一次摸着自己的脖子，对周围的美人们说："这一颗好头颅，不知道将来要被谁割了去。"杨广这句传了一千多年，终于传到我耳朵边的话，叫我听了，总觉得有一种无尽的悲哀在内。他什么都知道，但是无力回天，所以这样说。他是一个聪明的人。这样一想，我又会觉得史学家为我们所定型的那个暴君形象，里面是不是有很大的偏见在内。

不说了。我希望世事无论如何变幻，为历史负责，为西安市民负责，为子孙负责。这个塔址，这一方净土。我们要让那两棵龙爪古槐，树影婆娑，再活它1500年，继续荫及我们的子孙。

行人莫问当年事，故国东来渭水流。

我说这句话时，渭水那古老的水流，正在西安城北喘息着向前奔流，发出它千年不改的歌声。

华清池六记

　　杨贵妃和唐明皇，在临潼华清池洗完鸳鸯浴，而后来到院子东边的那一片梨园里听戏。这时候一阵响动，来了节度使安禄山。安禄山是来朝廷述职，赶到这里的。为讨娘娘喜欢，他跳下舞池，表演了一通就地十八旋的胡旋舞。记载中说安禄山体重是三百六十斤，又说安禄山是中唐时期胡旋舞第一高手。以这样硕大的身体，加上胡貌梵相（粟特人），安禄山的舞姿一定是可笑的。跳到欢畅处，安禄山一个飞旋，到杨贵妃面前跪倒，叫了一声"干娘"。正看得如痴如醉的杨贵妃随口应了一声，两人的身份自此确定，从而为后来的安史之乱留下伏笔。

　　安禄山跳胡旋舞的那一片梨园现在还在，不过梨树已经没有了，长了些老柿子树。名字也叫成了东花园。梨园这个名字，后来则成为一切戏剧行当的一个代名词，艺人们则称自己是梨园子弟。

　　骊山顶上那个烽火台，就是当年周幽王烽火戏诸侯的地方。周幽王就是被西戎大军斩杀于骊山烽火台下的。那个诱惑周幽王的美女叫褒姒。古人以红颜祸水来称呼她。"褒姒"是一个来自褒国的名叫"姒"的女子的意思。褒国在哪里呢？就在今天汉中的勉县、城固、洋县一带。秦岭最高峰叫太白山。太白山是分水岭，向南流出的一条河叫褒水，向北流出的一条河叫斜水，所谓的"明修栈道，暗度陈仓"，所谓的三国时期的褒斜道，就指这两条河道上修筑的道路。周幽王废了皇后申氏，废了太子（即后来的周平王），而立褒姒为后，立他与褒姒所生的孩子为太子。这事惹得他的老丈人申侯大怒，于是请来西戎大军，斩杀周幽王于骊山烽火台下。那一刻关中平原上扎满了游牧人的帐篷。

周幽王既死，周平王继位，于是将都城从沣镐二京搬到洛阳。中国历史讲述中，将前一个周王朝叫西周，后一个周王朝叫东周。骊山的得名，据说是因为驻扎在这一块地面的西戎部落叫"骊戎"。

骊山的半山腰有个古建筑叫"老母殿"，供的是骊山老母。它在过去年代应当还叫过女娲庙。据说女娲曾在骊山炼五彩石补天。这里还是三皇五帝中的"三皇"曾经居住的地方。我的家乡高村，在渭河下游五十里。村子旁边有个庙，叫三皇庙，后来改成个小学，叫三皇庙小学，又叫高安小学。我就是在那里上完小学一年级和二年级第十八课的。过去我不明白，为什么叫三皇庙，而不叫城隍庙、土地庙、关老爷庙呢？想了大半辈子，有一天才突然明白，这是祭祀三皇五帝中的"三皇"呀！临潼真是个古地方。

临潼人将华清池温泉叫"汤"。作为一个临潼人，我在华清池洗过许多次澡了。搜索记忆，第一次洗澡时大约在七岁。邻村的表姐夫老快，用一辆架子车拉了他的丈母娘我的大姑，又拉了我的小脚的老祖母，走五十里路来到县城洗桃花水。老祖母把我放在男池里，然后自己和大姑到女池去洗。

临潼是我的家乡，树高千丈，叶落归根。几年前我给西安市直机关干部讲课时，在开场白中说，当我作为一个游子，在满世界地游历的时候，我给心灵的一角，安放下故乡的牌位，疲惫时躲在里面喘息，委屈时躲在里面哭泣，那里收留下我疲惫的叹息和痛苦的哭泣。

　　不久前，临潼区办一个书画展，他们要我给写一幅字，于是我思忖再三，写了这样一幅：渭河边上旧时村，骊山脚下临潼人。

东望长安城

在汉唐之间东西方文化交流的地图上，长安无疑是两千多年前"丝绸之路"的起点和东西方文化交流荟萃的盛地。当时欧亚大陆上外国人都将长安称为"胡姆丹"（Khumdan），在敦煌发现的写于西晋末年（312年前后）的粟特文信件真实地记载了西域各国经商贸易者称呼的"胡姆丹"就是中国长安。这证明长安外来译名"胡姆丹"作为一个国际性词语走进了千年历史的民族记忆，更是在古罗马、叙利亚、波斯等异邦远域传扬流播，在世界文明史上产生过重大影响。因此，长安一词成为现代西安历史文化的象征符号，在这块土地上留下了举世瞩目的外来文明遗产，值得人们仔细回味与衡量。

隋唐的皇室出身于汉人豪族和鲜卑权贵共同组成的关陇集团，也正是出于这种带有"胡风"的"混血"，让内敛的中原汉族文化有了接纳外来民族和文化的底气。唐太宗李世民曾说："自古皆贵中华，贱夷狄，朕独爱之如一。"大唐帝国成为中华民族历史上最为开放与包容的朝代。

阿尔泰山像一个高耸的屏障，或者说像一个平铺的舞台。它的鱼脊般的东面一翼，是蒙古高原，是狼居胥山，是蒙古国首都乌兰巴托，更东边则是满洲里，是白山黑水。它的鱼脊般的西边一翼，依次是哈萨克草原，是吉尔吉斯草原，是突厥草原以及俄罗斯草原。

阿尔泰山的西边一翼，还可以更辽阔地展开，一直越过高加索山脉，越过伏尔加河、顿河、涅瓦河、第聂伯河，抵达东欧平原。如果这里我们讲一下欧亚地理大格局的话，那结论就是平铺在这块欧亚大陆中心位置的这个大草原，是一个游牧民族表演的大舞台。千百年来，草原在时时沸腾着，他们以八十年为一个周期，这些游牧者们，或拥向世界的东方首都长安，或拥向世界的西方首都罗马，向农耕文明、定居文明、城市文明索要生存空间。

中国人修筑了长城，修筑了直达遥远边疆的秦直道。他们沿着农耕线与游牧线交汇处，筑起这被称为"边墙"的长城。历代王朝的统治者，大约至死也不明白，为什么这些游牧人每隔一个时期，便越过长城线呼啸而来，马蹄过处，和平的村庄、富饶的田野遭到践踏。他们哒哒的马蹄，甚至抵达长安城外三十里地的渭河北岸，有的甚至破了城郭，在皇城里撒野了一回。例如东突厥人，他们就占领了长安城一个星期。

那顺着著名的马莲河道抵达长安城三十里地的是匈奴冒顿大单于。记得我们前面说过，他正是勒马站在咸阳桥头，手指长安城，说过那段著名的话的。进入过长安城，或者说攻陷了长安城，并且在城中短暂地驻留了一个礼拜的则是东突厥大可汗。

李世民奠定大唐帝国基业的最后一战，正是与东突厥在马莲河道的那场大战。史书上说，他俘虏东突厥颉利可汗，将其流放河西地，东突厥五十万战俘，则被押解回长安城，成为城市居民，以填补城市之空。西突厥于是逃逸至中亚、西亚。

东突厥浩劫后的长安城，败落之状令人不忍细看。全城只剩下四千口居民，只剩下四辆牛拉车，在后来的一百零八坊，吱吱呀呀地走着。李世民填五十万东突厥战俘成为这座空城的居民，长安四周，又有一些战乱流民入城，这样全城人口就达到了一百多万。而到唐高宗李治与武则天年代，人口就更多一些了，密密匝匝地充斥满城。一代高僧玄奘大行，前去吊唁的居民信众达二百多万人，这个数字说明，长安城那时候的常住人口，最少已经有二百多万了。

所以古长安的人口胡汉混杂，这是不争的事实。游牧文化对这座城市的影响，以及对整个长江以北广大区域的影响，那是确凿的，以致延续至今。冒顿大单于的名号"冒顿"两个字，古发音叫"谋犊"。"谋犊"就是"毛孩子"的意思，西安城中一个小品艺术家就把自己叫"王木犊"，其实也是这两个字。"谋"是什么意思呢？"谋"就是"毛"的意思，或"绒毛""细毛"的意思。"谋犊娃"就是乳毛未脱的小孩子的意思，"谋野人"就是毛野人的意思。而身上长的汗毛叫"满身谋"，桃子未成熟时，长满白毛的毛桃，叫"谋桃"，"犊"这个字很好理解，牛犊子，小牛的意思。如是说来，冒顿这个称谓，透露了这个世界历史上建立第一个草原帝国的大游牧者，他在还是毛孩子的时候，就登基上位，成为匈奴大单于。

同时也说明，古长安城与游牧民族，尤其是匈奴人的那种千丝万缕的联系。谁影响了谁的文化呢？互为影响吧！

顺便插一句，已故的天才小说家刘绍棠先生，在他临终之前，曾给笔者写过一封短信。他是看了拙作《最后一个匈奴》后给我写这信的。先生说他是河北人，自幼生长在运河岸边，运河两岸各有一个刘村，天下匈奴遍地刘。他一直疑心他们是匈奴的后裔，他还为此写过一个中篇小说，叫《一河二刘》。

前不久，中国社会科学院一位年轻的学者找到我，拿出他的最新研究成果。成果说，从轩辕氏开始，以至夏朝、商朝，那时的国体，都有游牧性质，或半农耕半游牧性质。农耕成为这个东方文化板块的主体，是从周开始，从尧帝舜帝的农业官后稷开始。

中国文学的第一件作品叫《击壤歌》或者叫《尧舜古歌》。它笔墨虽嫌简约，但是还是准确地记录了当时田园农耕情景和农人的心理状态。"日出而作，日入而息，凿井而饮，耕田而食，帝力于我何有哉！"

渭河平原地面最大的一次民族交融，是那次西周末年申侯搬来的西戎大军，斩杀周幽王于骊山烽火台下那次（当然，后来还有许多次这类民族交融的事情发生）。渭河平原上扎满了帐篷，各路西戎大军事成之后迟迟不退，并且听任他们的马、牛、羊在庄稼地撒野。骊山过去叫临潼山，因为驻着骊戎，所以就成了骊山。黄河西岸沿线，古梁国地面，也驻满了帐篷。那个后来与秦国老皇后发生过许多故事的义渠戎，则驻营于陇东高原与陕北高原接壤的庆阳城。

中国历史上西周王朝，递进到东周王朝，就是在这个时期发生的。请神容易送神难，眼见得轰不走他们，继位的周平王说，惹不起还躲不起，那咱迁都吧！这样周王朝从丰镐二京，迁到东京洛阳。丰镐二京在西，所以称西周；洛阳城在东，所以称东周。

我们的叙述有些东拉西扯，其实它始终在围绕一条主线，这条主线就是游牧文化对这个东方文明板块的形成期和发展期所给予的重要影响，那胡羯之血对农耕文明的重要影响。笔者在凤凰卫视《世纪大讲堂》演讲时，以下面这一段话作为结束语：站在长城线外，向中原大地瞭望，你会发觉，摇头晃脑的史学家们为我们讲述的二十四史正史观点在这里轰然倒地。从这个角度看，这个东方文明板块的历史，数千年来是以这样的形态存在着的，即每当那以农耕文明为主体的中华文明，日益孱弱，难以为继时，羌笛鼙鼓起于北方，游牧民族的马蹄哒哒呼啸而来，越过长城线，从而给这停滞的文明以新的胡羯之血。

这篇讲稿原来的标题叫《胡羯之血与中华文明》。"胡羯之血"是国学大师陈寅恪先生的话。他说：李唐王朝身上亦有胡羯之血。后来节目播出时，编辑觉得"胡羯之血"这个字眼有点生涩，于是将演讲的题目改成《游牧文化与中华文明》。

汤因比笔下的那些游牧于阿尔泰山山脉的中亚古族，他们几乎都与中华文明板块有过或深或浅的接触。我们曾经面对这散布在草原上的古老坟墓遗址，为好奇心所驱使，产生过许多欲以探其究竟的冲动。选一座古墓葬遗址，用洛阳铲挖掘下去，解剖一个麻雀，去做那长长的历史探询。

就在我们在这里坐以论道的时候，有一位可敬的教授，其实在十年前就开始做这件事情了。他叫王建新，西北大学教授，中亚史研究专家，他所选择挖掘的科考题目是大月氏人的墓葬，是关于这个中亚古族的发生地——丝绸之路东天山段，这个民族的迁徙地——巴尔喀什湖，这个民族曾经休养和生息过一段时间的撒马尔罕，这个民族建立在阿富汗喀布尔城的、显赫一时的王国——贵霜王朝，以及贵霜王朝那为嚈哒所灭之后，他们重返塔里木盆地的故事。

西北大学是一所建在古都西安的综合性大学。在该校百年校庆时，我曾经给题写贺词说：秦砖汉瓦筑起西北第一高楼，经史子集奏响名校百年弦歌。该校的许多人文科学，都在全国层面处于领先地位，而在考古、中亚史、中亚游牧民族史研究方面，更是因身处大西北的地理优势，领先和占据了更重要地位。

在这二百多个中亚古游牧民族中，挑选一个大月氏作为研究项目，用洛阳铲去惊扰那些古人的沉沉大梦，个中一个重要的原因，即他们乃是张骞当年凿空西域，万苦千辛，去寻找的对象。正是为了寻找他们，张骞的脚下一不小心，踩出了一条西域道。在丝绸之路这个话题大热的今天，关注大月氏人，寻找他们那消失在历史迷宫中悲惨的背影，就是一件顺理成章的事情了。

第一次寻找大月氏是张骞和他的团队做的，这第二次寻找则是王建新教授和他的团队做的。不同的是，张骞团队寻找的是国王和王城，王教授团队寻找的是古墓葬遗址。

我此刻的行程是在阿什哈巴德，在里海岸边，站在这个位置上遥望东方，谈论古长安城，行旅者本人的心目中，充满一种奇异的感觉。

记得在我前面讲述土库曼斯坦的老梅尔古城时，我说，这座两千八百年前的游牧人建立的古城，与一千六百年前匈奴人建在陕北高原的统万城，何其相似乃尔。那么这说明了什么呢？说明在这块坦荡无垠的欧亚大草原上，游牧民族今日东海，明日南山，他们的触角或向东或向西，深深地嵌入农耕地区，说明他们自己之间，也有过历史的交融。只是，这些我们不知道罢了。

毛泽东陕北三章

一群衣衫褴褛的士兵，沿着崎岖陡峭的山路，鱼贯地自甘入陕。大部分的士兵没有鞋穿，小部分的士兵甚至光着屁股，没有裤子穿。士兵的背上无一例外地背着两样东西：一是钢枪，这是打仗用的；一是大烟土，这是换粮食用的。

队伍在一个六户半人家的小镇上停下来。小镇的一孔窑洞前挂着一个牌子：赤安县六区第一乡苏维埃政府。许多士兵抱着这牌子哭了起来。这时候，队伍中，一副担架停在了窑洞门口，担架上走下来面黄肌瘦正在患病的毛泽东。

毛泽东穿着一件旧了的薄大衣。头发很长，下巴很尖，下巴上那颗贵人痣，因为缺少血液滋养的缘故，显得不那么明显。不过他的深陷的两只眼睛炯炯有神，十分犀利。"到家了！"抚摸着乡苏维埃的牌子，毛泽东百感交集地说。

二万五千里长征消磨掉了毛泽东身上最后一点书生气，从而令他成为一个令一切敌人都闻风丧胆的战略家。长征最后的日子，士兵们是用双脚在行动，担架上的毛泽东则是用大脑在行动。他的思考成熟了，此后的一个时代，将以他的名字作为标志。

这是1935年10月19日的事情。

清涧袁家沟，陕北高原的一处最为偏僻、最为荒凉、最为不起眼的小山沟里，一个落雪的日子，来了一队人。只有架在窑洞顶上的发报机的天线，才让人感到这是一群不寻常的人。

红军主力跨过黄河，去东征了，毛泽东和他的首脑机关，在距黄河不远处的这个村子居住，就近指挥。在一户白姓人家的炕上，毛泽东盘腿坐在土炕上，正在写文章。他大约有些烦，写着写着，把文章推开，披上大衣，拔腿走出了窑门。

毛泽东信步登到了山上。这一处的黄土高原由于接近黄河，山势更为陡峭、雄壮。一座座的山头，拥拥挤挤，自远处奔来。由于山顶都被积雪覆盖着，因此往日满目苍凉的高原，这时倒显出一番雄伟气象来。这时落雪了，大片大片的雪花落下来，湖南人的毛泽东，接过一片雪花在手中，不由得吟道：

"北国风光，千里冰封，万里雪飘……"

毛泽东回到他下榻的窑洞里，脱下鞋上炕，就着小炕桌，写下那首著名的《沁园春·雪》。后来，重庆谈判时，柳亚子先生索句渝州，毛泽东句不加点，一气呵成，将这首词重新抄了一遍给柳亚子。

毛泽东趴在上面写出《沁园春·雪》的那个小炕桌，现在珍藏在延安革命纪念馆里。

风声鹤唳，胡宗南的三十万大军占领延安，将毛泽东一行撵向陕北高原更北的地方。据说，有好几次，胡宗南的大军与毛泽东几乎是擦肩而过；但是，陕北的纵横沟壑帮了毛泽东的忙，胡宗南始终没有能找到毛泽东。

最后，毛泽东来到了那座雄踞在黄河边，号称陕北灵根的白云山。毛泽东让人在白云山上架上电台，发布了"向全国进军"的命令。

随后，毛泽东从白云山上下来，顺着黄河又走了几十里路，在一个小村待了半个多月，然后东渡黄河。在坐上渡船，驶离高原时，毛泽东落泪了，他说："陕北是个好地方！我们永远不能忘记陕北！"

毛泽东到过的白云观，是"文革"中唯一没有受过冲击的道教圣地。

毛泽东东渡黄河前，曾住在我的好朋友刘压西的家里。刘压西的伯父、父亲都是著名的革命家。刘家也是陕北的一家名门望族，正如我前面说到的白家一样。"天下匈奴遍地刘"，我在一篇文章中说。当有一天走下马背，开始与平庸的地形地貌为伍时，他们身上那祖先的不羁的血并没有停止澎湃。

这篇文章行将结束时，再说一件小事。那位刚愎自用的败军之将胡宗南的女儿现在美国居住，也是一位华人作家。在一次笔会上，她曾经有些胆怯地提出过要到陕北看一看的念头。往事依依，萧条异代不同时，她要来就来吧，我可以作陪。

海洋死了

第一次看见海，是在青岛，那是二十二年前的事了。

去胜利油田出差，仅仅是为了看海的缘故，办完事后专门赶到了青岛。那是一个晚上，风很大，黑色的海水从我脚下向远方排开，海低沉而有力地嘶鸣着，海水哗哗地拍打着我脚下的堤岸。我在那一刻惊呆了，我第一次知道了世界上有一样东西，可以这么有力，这么雄壮，这么宽阔。

我是从遥远的北方来的。在此之前关于海，我只是有些书本上的知识而已。中国有一句老话叫"过而知之"。此一刻，站在青岛的海边，我才明白人们过去对海的描述多么的贫乏和不得要领。我在无所依傍的那一刻，所幸的是找到了普希金。"世界——空虚了，大海，现在你要把我带到哪儿去？有着幸福的地方，早就有人看守，要么是贤者，要么是暴君！……"我吟哦着普希金的《致大海》，热泪盈眶。

后来我登上了栈桥。在风与浪的簇拥之下，我向深深的海洋走去。

为了能更深地走向海洋，我在当地人的指点下，又从青岛乘火车到了烟台。在烟台，买了一张去大连的船票。我想横越这一段海峡。遗憾的是，大连没有去成，海上风浪很大，据说船在一个叫石岛的地方不能靠岸。我耐着性子等了三天。三天后的一个晚上，船终于来了，但是只在岸边象征性地停了一下，就又走了。怒气冲冲的我与港务人员吵了一架，他说让再等三天，可是我已经等不起了，于是坐火车经北京返回。

这是我第一次见到海的情景。那时我还是个青年，刚刚脱下军装不久。那时的我多么年轻啊！哦，假如人生可以用阶段来分的话，那么我的人生可以分为两个阶段，即见过海的阶段和没有见过海的阶段。

后来我还有几次见到过海。北戴河那忧伤的落日曾经令我伤怀落泪，大连棒槌岛那夜夜的涛声曾打湿过我的清梦。为了这一生能有一次海上航行的经历，我曾经乘轮船从大连到天津。那只轮船在海鸥的簇拥下出港的场面，庄严而威仪。

这就是我的关于海的全部的阅历。尽管后来也多次看过海，但是诚实地讲来，给过我最大一次震动的，仍然是青岛看海。那是第一次，宛如一个男人或一个女人的第一次做爱一样，它是如此强烈地震撼着你，摇曳着你，将你的全部感情全部身心吞没，你感觉自己像经历了一次再生。

我居家在遥远的北方。我家的这地方没有海，非但没有海，就连带咸味的海风都很难吹到这里来。这里距太平洋、印度洋、北冰洋都有遥远的路程，这里距最近的入海口江苏连云港两千四百公里。

但是你相信吗？这块中亚细亚大陆腹地，在遥远的年代里曾经是一片大洋，它叫准噶尔大洋。现在的中亚五国、现在的新疆的大部分，当年都曾经是这个大洋的洋底。后来大洋浓缩成海，叫蒲昌海；后来大海浓缩成湖，叫罗布泊。时光推进到1972年时，罗布泊最后干涸。

一想到正如中国的东方有个太平洋一样，中国的西方亦有一个准噶尔大洋，这事总让人有一种奇异的感觉，仿佛日月双星，各司东西，仿佛阴阳之两极，一件多么奇妙的事情呀！"我家门口有个大洋！干旱的北方有个大洋！"你听了这话，不觉得像天方夜谭吗？然而这曾经是真的。

1998年9月19日凌晨两点，我来到死亡之海罗布泊。一轮苍白的月亮在天空照耀着，瘴气弥漫，罗布泊在我脚下泛着蓝色，一米多高的蓝色浪头一个拥一个，从我脚下一直排向遥远的天际。我似乎听到了海的喘息，而清晰的海岸线像一个大括弧一样拥抱着，这一切都让我确信罗布泊还活着。这确实是海，正如我二十年前看到的青岛的海一样。

我举步向海的深处走去。那浪浪相叠的蓝色浪头原来是凝固了的。地质学叫它"盐壳"。它像坟堆一样密密麻麻地排向远方。它坚硬无比，甚至比石头还坚硬，我的皮鞋被划破了。

而那像白轮船一样停泊在罗布泊岸边的，也不是轮船，它叫"雅丹"，是中亚一种特殊的风蚀地貌特征。罗布泊的海岸线上，停泊着许多这样的雅丹。"那叫白龙堆雅丹，马可·波罗横穿丝绸之路歇息过的地方；那叫龙城雅丹，唐僧师徒取经据说经过这里！"同行的地质队总工程师这样对我说。

这曾经是波浪滔天一碧万顷的大海吗？海在死亡之后竟会变得如此丑陋吗？那种种的欲望和种种的梦想如今竟轻轻易易地如此凝固如斯吗？

我在这像月球表面一样荒凉的地面上待了十三天，我在这像地狱一般恐怖的地方待了十三天，我的生命窒息了十三天。

我不知道我在这篇短文中该告诉你什么。为这个庞大的题材寻找一个命意吗？我想那就不必了。我这里只想告诉你，我见过活的海洋，见过死的海洋，以及它们奔来眼底、落到心里时我的感受。

鸠摩罗什是一个传奇

草堂寺约我写一部鸠摩罗什的书。草堂寺方丈释谛性法师用陕西话高吟四句偈语，为我的行程祈福，诗曰：云远山高古道长，沙漠驼铃震四方。晶莹最是天山月，为汝遍照菩提光。

我对方丈说，没有阁下的邀请，我也会自动去写的。我这几年，好像与佛有缘，先是应凤凰卫视之约，为星云大师、净空大师的《世纪大讲堂》讲稿插了四十五幅图画，接着又接到你们的这个邀请。这世界上熙熙攘攘，攘攘熙熙，有着许多的面孔，你们注意到了我，找到了我，这里面肯定有某种缘分存在。

我说我会主动写鸠摩罗什的。为什么？因为鸠摩罗什这个人物，是如此强烈地吸引着我。他站在一千六百年前的历史彼岸，一身光洁，一身传奇，向我微笑着，向我招手着。"写我吧！此书因为我而不朽！"他说。

鸠摩罗什于公元413年，圆寂于户县的草堂寺，这位西域高僧说，我做到了，我是诚实的，如果我的译文符合原经本意的话，火化时我的舌头不化。后来火化时，鸠摩罗什果然舌头不化。不但不化，且在那噼噼啪啪飞翔的火焰中，不断有莲花从口中喷出。汉语成语中"舌吐莲花"一词，大约就是这样来的吧。

鸠摩罗什在草堂寺待了十二年，译经，弘法，修持，授徒。那时他的弟子三千，草堂寺成为中原的佛教中心、第一个国立译经堂。中华文明的大厦中，有很大一部分基石是来源于鸠摩罗什的。这个道理是这样讲，魏晋南北朝时代，中华文明完成了它的儒、释、道三教合流的封建时代国家宗教，而这其中，鸠摩罗什对于汉传佛教的贡献，是最为重要的，可以称千古一人。所以西方学者认为，鸠摩罗什是东方文明的底盘。

　　鸠摩罗什是公元401年来到长安的。他的到来，纯粹是一种历史的阴差阳错。他二十一岁，这位高僧名震西域三十六国，舌辩天下无敌手，于是被龟兹国王封为国师。这时，统治长安的皇帝是前秦王苻洪。苻洪仰慕鸠摩罗什，于是派大将吕光率三万大军去请。吕光走了八个月，走到龟兹，龟兹王不给，于是吕光攻破城池，掳了鸠摩罗什；回程中走到甘肃武威的时候，吕光听说淝水之战苻坚兵败，前秦已经灭亡。于是吕光在武威自立为王，那时武威称凉州，所以吕光称凉州王。这样鸠摩罗什在凉州待了十七年。后来长安城又有了一个新的皇帝叫后秦王姚兴。姚兴同样仰慕鸠摩罗什，于是派兵破了凉州城，掳得鸠摩罗什到长安，封为国师，居草堂寺。

　　这鸠摩罗什的身世，亦是奇特之至。他的父亲叫鸠摩炎，出生于印度的世袭宰相之家。这个人仰慕东方，于是翻越喜马拉雅山，来到龟兹国。龟兹国王，将罗什公主嫁给了他，并称他为宰相。这样，他们生下了伟大的鸠摩罗什。

　　鸠摩罗什辞世二百年后，一位叫玄奘的大唐高僧，为鸠摩罗什的精神所感召，从长安城出发，顺着鸠摩罗什当年东行的路线，完成了一次西游。去年的时候，西安的一位摄影家朋友，从唐僧当年抵达印度后修行的那座僧院，为我请了一束香回来。如今，当我写这篇短文的时候，那香正燃着，浓烈异香，弥漫了整个房间。

再过五年，即2013年，是鸠摩罗什大师圆寂一千六百年纪念日。那时书市上大约会有一本名曰《鸠摩罗什》的书风行。那是户县草堂寺的功德，是当代人对这位先贤的一次敬礼。

你我都是有来历的人

大约是2006年下半年的时候，我的好朋友、《凤凰周刊》的主编邓康延先生打来电话说，他将受凤凰卫视委派，前往北京，组建凤凰出版集团，而出版集团要出的第一本书，是星云大师、净空大师在凤凰卫视《世纪大讲堂》的演讲稿。

星云大师现在住在香港，而净空大师现在住在台湾。他们是华人世界公认的两位高僧大德，海内外具有广泛影响。而他们的演讲，也引起了一时的轰动效应。鉴于此，凤凰集团请二位将演讲稿增修成书，并取得委托书，然后出版，就是一件可以想见的事情了。

那么我能做什么呢？

康延兄说，他们环顾海内，想找一个名画家，为这本书插一些图，找来找去，最后找到了我。

我开始有些推辞。我说当代名画家很多，就我居住的西安来说，也有不少名画家，而且，有专门画佛教题材的。比如有个岳钰教授，就正在为班禅大师北京的行宫画一幅大型壁画。我说，我可以联系到他们的。

但是康延兄说，他们商量过了，还是觉得我最合适。他们喜欢我的这种丰子恺式的、林风眠式的绘画风格，就个人审美情趣来说，就这本著作所需要的总体风格来说，都觉得我合适一些。

康延之所以这样说，是因为在此之前，我曾经为《凤凰周刊》的"世界华语大家"栏目，写过一篇文章，画过四幅画，所以他们对我的绘画，有一些了解。

那文章叫《我的文章我的画》。文章说，我的母亲不识字，我都写了二十本书了，母亲却一个字也没有看过，于是有一天我说，我画一幅画给你看吧！这样我开始画画。

《凤凰周刊》上发的四幅题材，两幅是佛教的题材，另两幅则是世俗的题材。

第一幅，我画了一个托钵僧形象。这托钵僧高擎着一个化缘的钵，挂着一根拐杖，正在苦行天下。上面空白处，题了密密麻麻一行小字。小字说：零五年夏天，我送石鲁大师之女、国画家石丹赴长安区挂职，路经佛教名寺净土宗的祖庭香积寺时，顺便去拜谒。香积寺目下的住持是甘肃平凉人本昌和尚。茶间，我请本昌师为我点化两句。本昌师舌吐莲花，说出"佛观一钵水，八万四千虫"一句偈语。那意思大约是说，托钵僧的一钵水中，就有八万四千条生命，云云。

第二幅，我画了一尊佛，然后题款曰：什么是佛？佛是开悟了的众生；什么是众生？众生是还没有开悟的佛。

第三幅，是画了一个伏羲女娲交媾图。一男一女，人面蛇身，那蛇身的尾巴，扭曲在一起。覆盖整幅画面的，是一段文字。文字曰：二十年前，我陪中央电视台《中国人》摄制组，去安塞沿河湾拍片，民间剪纸大师白凤兰老大娘为我画了一幅画。我问她这画的是什么，她摇头说不知道，老辈子传下来的图画而已。白凤兰老大娘已经作古，她的墓前已经长出萋萋荒草。十年前，在新疆高昌古城的一座将军墓中，我又看到类似的图案。我请教专家，专家告诉我，这叫《伏羲女娲交媾图》，大约是我们民族最早的生殖崇拜图腾。不久前，由中、日、美、英、法、德六国科学家组成的人类遗传基因破译小组，破译出了DNA密码，那密码就是著名的"蝌蚪图"。人面蛇身，尾巴交媾在一起，与《伏羲女娲交媾图》酷似。呜呼，中国古文化中隐藏了多少大奥秘，我们真不知道。

第四幅则是《西安城墙根上的秦腔茶座》，这里从略不谈。

凤凰卫视的朋友们对我绘画的了解，大约就是来源于这四幅画。

既然朋友们执意要我来画这插图，那是抬举我，而我也就不好再推辞了。这叫"与佛结缘"，我答应了下来。

于是康延兄从电脑上发来了厚厚的书稿。书稿分两部分：一部分是星云大师的演讲稿，一部分是净空大师的演讲稿。

我一口气读完了书稿。

诚实地讲来，读完书稿，我很震动，或者说，情绪震荡，神思飞扬，有一种眼前豁然开朗的感觉。佛家文化的博大精深，过去也接触过一些了，但是都是一鳞半爪，而这一次，应当是一个较为系统的学习。

西方人说：和有智慧的人在一起，连我自己都变得聪明起来了。当时我就是这种感觉。

读这本书，我明白了，为什么历朝历代的许多大文化人，做文章做到老到处，做人做到老迈时，修身养性修养到自我道德完善的境界时，许多人都在禅境中求得了精神归宿。也明白了世界上的许多人生道理，你觉悟了一生，到了佛教这儿，方明白老根在这里。

正如西方现代文明的源头之一是基督教一样（另一个源头是古希腊文明）；东方现代文明的源头之一是佛教（另两个是儒教和道教，普遍认为，儒、释、道三教合流，构成中国封建文明的国家宗教——释，即释迦牟尼，天下佛家弟子皆以"释"为姓）。

以我这个局外人的眼光看来，佛家的理论，大部分是悖论，或者换言之，是逆向思维的产物。是立足于世间，以一种思想的铠甲护身的利器，从而可以百毒难侵，铸成金刚不坏之身。

芸芸众生，混迹于尘世之间，为衣食所累，为声名所累，为数不尽的清规戒律、人生俗物所累。眼睛被名缰利锁所遮蔽着，被万丈红尘所遮蔽着，一叶障目，不见泰山。

佛家则不然，跳出三界之外，不在五行之中，故而对世界作壁上观状，故而能双目犀利如炬，洞穿许多被遮蔽的东西，直达事物的本质。

譬如说吧，我们通常觉得奇妙无比的"哭婆笑婆"故事（2003年的高考作文曾以此为题），"解铃系铃"故事，"飞来峰"故事，等等，原来出处都在佛家。而在汪洋巨澜一般的佛家经典中，它们只是冒出的几个小水泡而已。

叫我精神为之一振，得到大喜悦的，除了上面所说的以外，还有许多故事。这里从书中提出来，略举几个。

"花开花落两皆好，退步原比进步高"一句偈语，就叫我十分欣喜。佛家认为，懂得退步的人才是最高明的人，退可以自保，可以以退为进，懂得了这个道理，仿佛穿上了一副护身铠甲一样，鬼神奈你不得。进一步山拦水阻，退一步海阔天空，不是？！

佛家有一句话，叫作"芥子藏须弥"，意思是说，小小的一枚芥子里，可以藏得下佛家的一座名山须弥山。有一个州官，于是诘问一位高僧说，佛家这是胡说哩，米粒大的一颗芥子里，怎么可以藏得下偌大的一座须弥山呢？你道和尚怎么回答，和尚说：官家平日自诩学富五车，你那小小的脑袋只有一枚椰子大，怎么装得下五车书呢？

又譬如说吧，一位贫家女为寺院供奉了两文钱，高僧很感动，于是为她"改运"。后来改运之后的贫家女，做到了皇后娘娘。皇后有一天想起了和尚的好处，于是用马车拉了一车的金银财宝，来供奉。谁知高僧接到禀报后，避而不见。后来实在推辞不了了，于是打发徒儿出来应酬。皇后见和尚如此怠慢她，很生气，径直闯入后室，见了和尚，质问道：当年我供奉了两文钱，你亲自见我，还为我"改运"，今天我拿了一马车的金银财富来供奉，你只打发徒儿来见我，这是什么道理！和尚听了说：道理是这样的，当初那两文钱，是你的全部家产，所以我将你视作贵人，今天的一马车财富，仅是你的九牛一毛，所以让徒儿来接待你，就是给面子了。

又譬如说，苏东坡路遇佛印和尚。两人平日稔熟，喜欢开开玩笑。苏东坡说：迎面过来的，是一只狗吗？谁知佛印听了，不但不恼，反而哈哈大笑回敬：迎面过来的，是一尊佛吗？苏东坡觉得自己占了便宜，心情颇好，回到家里，将这事给苏小妹说了。谁知小妹听了，叫道：哥哥你被人骂了还不知道。苏东坡不解其故。小妹说：你长了个狗眼，所以把人看成了狗，那佛印长了个佛眼，所以看天下万物皆为佛。

还譬如说吧，一休禅师接到州官的请帖，去吃宴。他穿了身旧衣服就去了。谁知门卫不让他进。一休只好回到家里，换了身新衣服，这次是顺顺当当地进门了。饭间，别人把菜用筷子夹起，往嘴里送，一休禅师却是端起碟子，将菜往袖管里装。州官不解。一休说：你不是请我吃饭，而是请衣服吃饭。

再譬如说吧，当一群人在谈论佛的时候，天使飞来了，包围了他们；当一群人在谈论人间琐事的时候，天使飞走了，魔鬼包围了他们。

还有许许多多，恕我不一一枚举。

大约有一个半月的时间，我就沐浴在这种大喜悦中。一边读这些文字，一边画插图。

我在这里几次用了"喜悦"这两个字，这是陶渊明的。陶渊明说，他喜读书，不求甚解，每有所得，则喜悦如同初生儿。

我白天画，晚上睡到半夜，有了构思，起来也画。整个人完全沉浸在一种梦境中（我平日写小说时也是这种感觉）。一共画了多少幅，我不知道。画好以后，请人托裱，才知道是三十九幅。

托裱是为了在出书时，墨色、线条都清晰一些。

裱好以后，我请人将它们照了相，然后装进一个U盘里，寄给北京大学凤凰会馆的邓康延先生。

这样我的工程就算完成了。

而剩下的事情就是他们的了。

康延兄打来电话说，我的插图得到了认可，或者说，赢得了较高的评价。

为书插图的经历对我不是第一次，因为在此之前和之后，我为《最后一个匈奴》修订本插图十五幅，为《最后的民间》插图二十三幅，为《伊犁马》插图八幅，为《狼之独步》插图七幅，为《饥饿平原》插图四十幅。它们都是我的书。

但这次却是最重要的一次插图的经历。

那些插图的日子，我沐浴在一种大悲悯的情绪中，我感到自己正在和大智慧在交谈，我经历了一场精神的洗礼。

这种情形好有一比。

敦煌莫高窟有一幅壁画。那壁画上，一位印度高僧，每日来到恒河边上，开肠破肚，坐在石头上洗自己的肠肠肚肚。他祈望在这日日必备的洗礼中，洗尽凡尘，达到大彻大悟之境。

我把我的这次经历当作一次这样的精神洗礼。

该书由康延先生的凤凰出版集团操作，按照计划，准备在2007

年第四季度上市。我想这本书的出版，该是佛教界的一件盛事，亦是出版界的一件盛事。

但是正如读者所知道的那样，这本书直到我写这篇文字时，仍然没有上市。个中原因是因为一件事，即康延先生离开了凤凰卫视。

康延兄给我打来电话说，书还照常出，他将一应手续，都交给凤凰卫视著名主持人曾子墨女士，接下来，子墨将和我联系。

但是从那时到现在，已经一年多快两年了，书还没有出。将来会不会出，连我现在也怀疑了。

而我也懒得打电话去问。

2008年的冬天，我生了一场病，住了十八天的医院。躺在病床上，我一直念念不忘这件事。我不知道在有生之年，还能否看到这部书的问世。

从小处讲，这里面有我的劳动，而这劳动纯粹是出于善举和义工。我起码得尊重自己的劳动。

从大处讲，这么一本好书，一本充满大机智、大关怀的好书，一本充满东方智慧的好书，如果让它胎死腹中，那是广大读者的损失，是人类总体利益的损失。

《立地成佛》在搁置一段时间后，2009年春天的时候，终于又被提起。

2009年春天，北京"两会"期间，我见到全国政协委员、凤凰中文台的王纪言台长。王台长在听了情况，并和康延通了电话以后，决心把这本书的事继续推进下去。他说3月28日，世界佛教论坛第二次大会将在江苏无锡和台湾台北举行，到时候星云大师要来无锡，到时候也请我去，与星云大师晤上一面。

先前，星云大师已有委托，委托是给凤凰卫视的。

这次，无锡的佛教论坛上，由王台长安排，我与同去的刘建申先生，先后在宜兴的大觉寺和无锡的一个宾馆，与星云大师有过两次晤面，并且将书稿与插图的光盘请他过眼。此外，还送了一幅画作。

好事多磨，这就是这本书迟迟才得以面世的缘由。

我大约与佛有缘，因为在2009年，我还要做一件与佛有关的事情。

这就是应陕西户县草堂寺、甘肃武威鸠摩罗什纪念馆、新疆库车鸠摩罗什纪念馆，及世界鸠摩罗什研究会之约，写一部传记体长篇小说《鸠摩罗什》。

我糊里糊涂地接受了这个任务。如果身体条件允许的话，2009年的夏天，我将去甘肃、新疆、克什米尔，甚至去一趟印度，完成这一件事。

而在此之前，我兴之所至，先为鸠摩罗什画了一个丈二长的册页，册页上历数鸠摩罗什的事迹。这个名曰《鸠摩罗什东行图》的册页，在陕西文艺界5·12汶川大地震义卖捐爱心的活动中，以六位数的价格售出，善款交予慈善协会。这算是我，也算是鸠摩罗什对这场人间大难的一个小小表示。

那么在这里，允许我将册页上的那些题款小字，记录在这里。好在有一家公司为我出了一本画册，上面印了这幅长卷。因此现在能够写出。

我想写下这段话，也算是增加大家对鸠摩罗什的了解。题款如下：

"鸠摩罗什家族是印度的世袭宰相。到了鸠摩炎的年代，他不愿屈从于这种早已安排好的命运，于是挂了一根拐杖，翻越喜马拉雅山，来到当时的龟兹国，现在的新疆库车。

"鸠摩炎仍然没有逃脱当宰相的命运。他被龟兹国王拜为宰相，并与国王的妹妹罗什公主结婚，从而生下伟大的鸠摩罗什。

"鸠摩罗什七岁的时候，来到库车城外的一座寺院里玩耍。他施展神功，举起悬挂的一口大钟。别人说，你只有七岁，怎么能有这样的神力呢？鸠摩罗什听了这话，想想也对，这样一想，想要再举，就怎么也举不起来了。

"鸠摩罗什二十二岁的时候，被龟兹国王拜为国师，并造黄金座椅，请鸠摩罗什在龟兹国设坛。鸠摩罗什舌辩天下无敌手。佛教的小乘向大乘发展，就是在鸠摩罗什手中完成的。

"后来，鸠摩罗什又重访印度，并足迹遍踏西域三十六国，成为当时佛教界第一高僧。

"当时正是中国的魏晋南北朝时期，统治长安城的是前秦皇帝苻洪。苻洪慕鸠摩罗什名，派大将吕光去请。龟兹国王不予。吕光于是率三万大军破龟兹城，掳得鸠摩罗什。

"鸠摩罗什骑一匹白马，在穿越塔克拉玛干大沙漠以后，白马累死在了敦煌。弟子们修白马塔，以资纪念。

"走到武威时，苻坚兵败淝水，前秦灭亡。吕光于是在武威称帝，史称凉州王。鸠摩罗什于是在凉州羁留十七年，办经学院，收两千名印度学生，学习汉文，收两千名中国学生，学习梵文，从而为汉传佛教在中国立足，打下了基础。

"十七年后，长安城为后秦皇帝姚兴统治。姚兴破凉州，灭吕光之子，迎鸠摩罗什入长安，拜为国师，置草堂寺。这是公元401年的事情。

"鸠摩罗什在户县草堂寺，释经著说，授徒弘法十二年。

"目前我们所知道的汉传佛教经典，大部分是鸠摩罗什在那时候译出的。草堂寺成为当时的佛教中心之一。而佛教的中国化，在鸠摩罗什的手中得到决定性的完成。

"所以西方学者认为，鸠摩罗什是东方文明的底盘之一。

"公元413年，一代高僧鸠摩罗什，圆寂于户县草堂寺。

"死时他说，如果我的译经符合原经教义的话，火化时舌头不化。后来火化时，鸠摩罗什果然舌头不化，且有莲花从口中喷出。佛家的'舌吐莲花'一句，自此得之。

"户县草堂寺现存鸠摩罗什舍利塔。"

这就是我的那册《鸠摩罗什东行图》长卷中的全部文字。

我的这篇文章，本意是为《立地成佛》这本书写一个"前言"之类的东西，以便对这本书的所以出世，给读者一个阅读帮助，想不到拉拉杂杂，谈了这么多。

我是一个俗人，但不知为什么，这几年却和佛家有了这么多的接触，这是一件叫人不能明白的事。

青岛作家杨志鹏对我说，这就叫"缘"。

他还说，你我都是有来历的人！

这句话真受听。听了这话，叫我觉得自己的前世，大约真的是有一些来头的。前世在哪里，是什么，我们谁也看不见，但是这句话不管真假，叫人听了，这一天早晨都感觉到自己很重要，像一个来到世上，背负某种特殊使命的大人物似的。

那么我就借用这句话，做这篇文章的标题。

标题的意思是说，写文章的我，和读者的你，茫茫尘世两两相遇，都是缘分，也许吧，我者你者，我们都是有来历的人。

这篇文章，从戊子年腊月二十七日，即我的五十五岁生日那天动笔，穿越了一个春节，到今天，己丑年正月初六完稿，恰好写了九天。

就说这些了。

佛家有一句偈语说：日日是好日！意思是说，每一天都是好日子。那么，我写这文章的时候是个好日子，你读这文章的时候，也应该是个好日子吧。

杜梨花开满山白，野花开到白杜梨

　　荒凉、贫瘠，莫过于吴旗者。土黄色的高原，很少见有植被。几根庄稼，种在五六十度的坡上，春天种上，秋天收了，大地仍是光秃一片。人类多居住在半山腰的窑洞里。地在山上，水在山沟，住在半山腰，可两头兼得。汽车在公路上行走，偶尔从低矮的、安着栅栏的窑洞里，爬出一个不穿衣服的，满身是土的孩子，你会吓一大跳，继而，你会为这些当年曾为中国革命作过特殊贡献的人们今天的生活，感到难受。

　　美国作家斯诺写《西行漫记》时曾说：人类能在这样恶劣的自然环境下生存，简直是一个奇迹。斯诺是五十年前说这话的，现在，条件当然比过去好些了，但是，变化还是甚小，据保守的统计，贫困户约占全县总人口的百分之六十五。县长是个精力过人的中年干部，谈起这些，神色黯然：吴旗是一九三四年解放的，属全国最早的，并且没有被敌人占领过的解放区。在我们手中建设了五十多年，建设成这个眉目，说起来，应当内疚。

　　吴旗县上年纪的人，识字者很少，而且大都是些穷人。此话怎样？原来，吴旗解放后，曾办过识字班，富人不愿意去上学，就雇了些拦羊娃去支差。如此说来，也是一桩笑话。

当年这里是一片荒凉。红军长征到达这里时，全城只有七户人家。几间破旧的茅屋，依山而筑。一条浑浊的河流，寂寞地奔流。一条驮盐队踩出的白色盐碱小路，顺着河谷，一直通向宁夏的盐池。

中央红军在一个深秋的日子来到了这里。没有住宿的地方，大家只好抱着枪，散开来，在荞麦田里坐了一夜。秋风萧瑟，白霜漫野，哀鸿鸣叫着从空中掠过。谢觉哉老人在他的诗里，真实地记下了露宿吴起镇的情景。

红区在前，白军在后。喘息未定的红军，利用这里的山势水势，打了个漂亮的"割尾巴"战斗，全歼了尾随的国民党骑兵，继而进驻保安，进驻延安，揭开了中国工农革命史崭新的一页。

从此，红军长征落脚的地方——吴起镇，便载入中国革命的史册，为世人所瞩目了。

五十年后的今天，吴起镇已经成为黄土高原上一座具有一定规模的城镇。并更名吴旗，成为吴旗县委、县政府的所在地。

和陕北一些富足的县城相比，这里的建设自然稍嫌简陋，但是，如果记得这里原来只有七八户人家的话，我们就不得不为这里变化的迅速而吃惊了。

一条宽阔的街道，街道两旁是高高低低的建筑物：商店、食堂、电影院、邮局、体育场、学校……一个小县城应当具备的这里应有尽有。

这里地域辽阔，街道比实际需要修得宽些。马儿拉着一车半干的绿草，从街心踏踏走过，绿草发出一股草原的气味。这里的山脉显得平缓、低矮、线条丰满，这是地理上更接近于鄂尔多斯的缘故。

一条黑色的柏油路从镇子背后、洛河岸边穿过，南抵延安，北达盐池，一辆辆运盐车和别的什么车，飞来似的来来去去。

洛河水唱着古老的歌。战国时期，大将吴起曾在此驻营。如今，一切痕迹都随河水流走了，只有"吴起镇"这个名字，让人产生许多的联想。

洛河上新架了一座规模可观的桥梁，将市区和著名的胜利山连接了起来。

胜利山——这座因"割尾巴"战斗而得名的普通山，现在成了一座雄伟的纪念碑，二万五千里长征路尽头的一个感叹号，它宣告了长征的胜利结束，宣告了中国工农红军是不可战胜的。

山上现在密密麻麻栽满了杏树。春来一山灿烂的花，让人想起那难忘的岁月，想起那把自己灿烂年华献给中国革命的牺牲在长征路上的先烈们。

在一个细雨蒙蒙的傍晚，我们登上了山顶，看到山上的青草坪上，横七竖八，有着许多的坟墓。陪同的同志说，红军战士战死后，就地掩埋在这里，无名无姓。

距胜利山主峰二里之遥，靠近洛河的山坡上，有一棵杜梨树。当年，毛主席部署完战斗后，曾在这棵树下小憩。他太累了，他对警卫员说："如果枪声激烈，说明情况正常，就不要叫醒我；如果枪声稀疏，说明情况有变，赶快叫醒我。"

毛泽东同志逝世后，那个警卫员来到胜利山，寻找这棵树，寄托他的哀思。时过境迁，陕北多的是杜梨树，谁知道主席小憩过的是那棵。他选定了一棵，站在树下拍了个照片：权当是它吧！反正，陕北的树木，每一棵都会向领袖伸出自己的手臂的。

哦，像那些经久不息代代相传的传说一样，这杜梨树的故事已经演绎成民间传说了。他看那牧羊人，正在唱着关于他的歌。

夜晚，暮色四合，吴起镇淹没在黄土高原的千山万壑中，与高原凝为一体，只有胜利山上那卫星地面接收塔上的红星，在闪烁着，闪烁着。

你知不知道有一种感觉叫荒凉

我骑着我的黑走马，逡巡北方。我的马蹄铁在沙砾上溅起阵阵火星。我的黝黑、消瘦的脸颊上挂满忧郁之色，眉宇间紧锁着一团永恒不变的愁苦。在中国最北方的那根界桩前，我勒住马，向苍茫的远方望去。远方是欧罗巴大陆，回眸脚下和身后，是栗色的亚细亚。我在那一刻感受到一切都是瞬间，包括我刚才那一望，已经成为历史凝固。是的，要不了多久，我们都将消失，这场宴席将接待下一批饕食者。

"你知不知道有一种感觉叫荒凉？"这是一首流行歌曲里的话。是的，我当时就这种感觉。"荒凉"不仅仅是因为身处一块荒凉地域的原因，而是由于在我的一瞥中，我看到了人类的心路历程。我因此而战栗以致近乎痉挛。

那已经是整整二十年前的一幕了。现当我得知，我逡巡北方的那一块地域，正是匈奴部落迁徙所经的地方。他们于公元2世纪启程，自陕北高原与鄂尔多斯高原的接壤地带，途经中亚细亚、黑海、里海，于5世纪时，匈奴的一支，成为欧罗巴大陆上一个叫"匈牙利"的国家。

我曾经与一位叫冯福宽的诗人探讨过这种迁徙心理，因为他本身就是一个流浪民族的后裔。他说，他们普遍有一种深刻的孤独感，他们担心一觉醒来，自己突然像沙漠里的潜流河一样消失。

我的尊敬的朋友、散文家刘成章，这个无可奈何地承认自己身上有匈奴血统的人，在罗马尼亚，他曾经接受过罗作协主席夫人深情的一吻。夫人是匈牙利人，她紧紧地拥抱着这位越过两千年的时间和欧亚大陆这样的空间，来到她身边的兄弟。她希望刘成章先生还她一个吻。你能够抵挡一个女人的请求吗？你能够按捺住这两千年积淀的感情在此一刻喷发吗？刘成章照我们所认为应当那样做的做了。这一刻，也许我们这个小小寰球上发生过许多更为重要的事情，例如"爱国者"拦截"飞毛腿号"，例如经过三年禁赛的马拉多纳重披战袍，例如西方七巨头在法兰克福秘密会谈。但是，这一吻远比那些美丽和深刻。

在我逡巡北方的地方，一条干涸了的河流的旁边，有一座公墓。圆木堆成的塔，一座挨一座，占了半个戈壁。木头已经发黑、发干，只是在炎阳的炙烤下，它还十分坚硬。我请教过不止一个的哈萨克学者，问这坟墓是谁的。他们说，这不是哈萨克的。它显然属于在他们之前来过这里的，一个匆匆而过的民族。那么，今天我想，它会不会是匈奴民族的呢？

以上所谈的，完全是和《最后一个匈奴》无关的话题。作者无意于追究那已经走失了的历史，也没有闲情逸致去凭吊岁月。

他是在为他的长篇小说服务。因为他的世纪史，是在两个大背景下展开：一个是革命的背景、一个是陕北大文化的背景。

陕北的地域文化中，隐藏着许多大奥秘。毕加索式的剪纸和民间画，令美国研究者赞叹的绝不同于温良、敦厚、歌乐升平、媚俗的中国民间舞蹈的那个安塞腰鼓，以赤裸裸的语言和热烈的激情唱出来的陕北民歌，响遏行云的唢呐。四百五十万堂吉诃德式斯巴达克式的男人和女人。20世纪30年代中国境内的所有红色根据地都损失殆尽，而陕北依然立于天地间，毛泽东一行在这块黄金高原使事业达到大盛。如此等等，不一而足。

解开这些大奥秘的钥匙叫"圣人布道此处偏遗漏"。这是清廷御史王沛棻（大约还是梁启超的岳丈）视察陕北后奏折上的一句话。遗漏的原因是在两千年的封建岁月中，这块地域长期处在民族战争中的拉锯战之间。退而言之，儒家文化并没有给这块高原以最重要的影响，它的基本文化心理的构成，是游牧文化与农耕文化的结合。而作为人种学来说，延安以北的黄土丘陵沟壑区和长安沿线风沙区，大约很难再有纯正的某一个民族的人种（尽管履历表上都一律填写着汉族），他们是民族交融的产物。——民族交融有时候是历史进步的一种动力，这话似乎是马克思说的。评论家肖云儒先生又将他的这一阅读心得转告于我。

陕北高原最大的一次民族交融，也就是说构成陕北地域文化最重要的一次事件，是在汉，即公元2世纪。南、北匈奴分裂（也许昭君出塞是导致这次分裂的原因，待考），北匈奴开始了我们前面谈到的那一次长途迁徙，南匈奴则永远地滞留在高原上了。刘成章先生如果有意做一次回溯的话，他也许会发现他正是滞留在高原上的后裔之一。

史载，汉武帝勒兵十八万，至北方大漠，恫喝三声，天下无人敢应，刘彻遂感到没有对手的悲哀，勒兵乃还。我想那时，南匈奴已经臣服，北匈奴也大约已经迁徙到了我逡巡北方的那个地方了。

我的长篇中那个农耕文化和游牧文化所生的第一个儿子。他的第一声啼哭便带着"高原的粗犷和草原的辽阔"。他们构成了有别于中国其他地域的一种人类类型心理。如果我是一个严肃的学者和小说家，我只能做出这种解释，我也只能以此作为出发点，来破译这块玄机四布的土地上的各种大文化之谜。

我的世纪史正是在这样的文化背景下展开的，我的人物和20世纪陕北高原上的几乎所有重大历史事件，正是在这样的文化背景下活动的。如果没有这个背景，所谓的史诗只有徒具形式而已。

另一个背景是革命。

这里，仍然可以使我们延续"你知不知道有一种感觉叫荒凉"这个话题。

革命是促使历史进程前行的一种方法。当进程已经不满足于温良恭俭让式的改良的时候，它求助于历史的手术刀。于是，风暴开始了，时代激情呼唤和驱使一部分人去义无反顾地献身、英勇卓绝地斗争，去为自己的利益和隶属于自己的阶级的利益而战。"革命是历史的火车头"，列宁的这句话放在这里是合适的。

发生在中国20世纪的产业工人、农民以及同盟者所进行的革命，习惯上称之为无产阶级革命，或共产主义运动。它正属于上面所说的。这是人类的优秀的思想家们和行动家们，为了寻找合理的生存秩序和完善的社会制度，一次勇敢意义上的尝试和实践。这种实践过程目前仍在继续。

值得骄傲的是，陕北这块地方，曾经有十三年的时间，成为这个历史大动作的中心舞台。

因此，我的世纪史必须将这场辉煌放在它的大背景下。或者更准确地说，如果以革命历史题材来框这件作品的话，它乃是以诚实的笔触，表现了革命在这块土地上发生和发展的过程。

责任编辑朱珂青女士认为，作者给予了革命一个全新的审美视角，他告诉人们，革命不是外来的，是从土地本身自然而然地产生的，民国十八年的那场大旱较之造成李自成揭竿而起的那场崇祯年间大旱严重许多倍，因此一定会有革命产生的。不同的是，20世纪的这场革命，由于有了共产主义因素的介入，使它有了行动纲领和终极目标。

中国权威的长篇小说研究专家蔡葵先生，在北京座谈会上说，他认为作者试图寻找历史的"框位"这个问题，种种的因素"框"定了，历史只能这样走而不能那样走，这一方人类之群只能这样走而不能那样走，每一个单个的人亦只能这样而不能那样。蔡葵先生所说的"框位"，大约就是我在"后记"中所谈的"历史的行动轨迹"。

暮鼓晨钟，岁月轮回，人类已经走了它的文明史的相当一段时间了。20世纪所进行的革命，我的小说所表现的这一幕大剧，是人类进程中的一截、链条中的一环。人类还得继续前行，对真理的探索是没有穷尽的，但是，这个探索是以目前的一切为基础的。

为什么当我二十年前，骑着黑走马，站在欧罗巴与亚细亚之交，注视满目荒凉的那一刻，永恒的愁苦表情，便像命定的印记一样，凝固在我的前额？

为什么呢？因为我看见了人类生存的不易，看到了人类处境的艰难，看到了人类的心路历程，充满了荒凉的感觉。不同肤色、不同信仰的人类之群，都如是。那种强烈的孤独感和痛苦感，并不仅仅存在于迁徙的民族中，它同样存在于定居的民族中，它是人类共有的一种无法排遣的情绪。

西班牙学者兼小说家乌纳穆诺，将这称为"悲剧意识"。而在人类每一次徒然的挣扎、徒然的探索之后，小说家加缪用"西西弗斯"神话来安慰人类，并鼓励人类再来一次——既然无法改变的结局（每个人的句号都是死亡）使人生充满了悲剧感，既然所有徒然的努力最后都归结于虚无，那么，让我们把握住现在，让"我"的这一次生命质量高一些，让我们再大汗淋漓地推石头上山一次吧！——阿门！

《最后一个匈奴》中那些斯巴达克式堂吉诃德式的当代英雄们，他们所忘我的献身的事业或垂之以久远，或风行于片刻，那都不是最重要的。最重要的，是人们曾经理想过、追求过，并且在这宗教般的献身中因为自我价值的实现而得到了最大的人生满足。

你知不知道有一种感觉叫荒凉！

我建造了一座纪念碑
——《最后一个匈奴》创作谈

我们中的大多数人，将要经历两个千年纪之间的更替时刻。我想那将是一个庄严的时刻，不同肤色、不同信仰的人，都会在钟摆摆动的那一刻，体味到一种庄严的激情。无论他出自公众感情，还是一己的感情。

晨钟暮鼓，岁月轮回，人类已经走过它的文明进程的相当一段时间了。当我们叼一支香烟，凝神注视人类的来路时，我们说，总的说来，人类生活得还不错。

尽管有战争，尽管有瘟疫，尽管有不公正和压制，尽管有艾滋病和癌症，尽管阴影总是伴随着人类自身一起如影随形，但是，怎么说呢？人类生活得还不错。

人类依旧做爱和出生，太阳和月亮依旧那么忠于职守，轮番点缀天空，北斗七星依旧在瞬息万变的世态面前为我们提供一个固定的视角，白发苍苍的小学教师依旧给一茬茬的孩子布置《我的理想》这道作文题，花朵依旧定期开放，石匠在凿着墓碑的同时依旧在凿着纪念碑，普希金塑像依旧站在白雪飘飘的广场为人类值更。

是的，人类依旧勇敢地向着它的文明进程走去，不管行走的过程中是春风得意还是步履蹒跚，是有所获得或者无所获得，它总在走着。哦，进程在继续。

时不时的，总有思想家、哲学家、文学家，特别是行动家们出现，解开人类面临的种种斯芬克斯之谜，以先知的光芒预兆前景，安抚人们忧伤的灵魂，鼓励人们前行。走吧，人类，去勇敢地迎接每一次日出与日落，去勇敢地从事每一次春种与秋收，也许它的目的地是没有的，一片空白，但是，这个伟大存在于过程之中，存在于你和我的每一次行动之中。

20世纪是一个过程。这个过程正在完结。20世纪是人类历史进程中可资纪念的一个世纪，时间进程中的经典时间。

这个世纪发生过许多重要的事情，包括"一战"，包括"二战"，包括人类向太空的挑战，等等。但是，每一个公允的历史学家，当他平心静气地研究了诸等事件所能给予人类进程的影响时，他都不能不承认，20世纪最重要的事件，乃是共产主义在世界范围的风行和实践。进程的链条不可能，也没有办法将这一环丢失，它构成了人类进程中的一截。

需要有史诗式的笔触，将这场革命表现出来，为世纪本身，为还要继续前行的人类。

小说这种艺术，曾一度被称为"资产阶级的史诗"。这话当然是欠公允的。应当说，它是人类的财富，人类造型术的一部分，人类理想之树开出的一束鲜花，人类试图概括生活和与世界对话的一件工具物（宛如开荒地用老撅头，修坎儿井用砍土镘，挖掘苏伊士运河用圆锹，筑美国西部铁路用十字镐一样，它是一件工具物）。

之所以有上面偏颇的说法，是因为小说体裁的兴起，是伴随资产阶级的兴起而达到大盛的。确实是大盛！举例来说，因了小说的繁荣，人们甚至将所有的文学体裁，都冠以"小说"和"非小说"

两种。

一位叫雨果的法国作家在评论一位叫司各特的英国作家时说："出于其光荣所赋予他的本能，他感到，对于刚刚用血和泪写出了人类历史中最奇特一页的这一代人，必须给予更高尚的东西。"

正如我们知道的那样，司各特与雨果之后，时间又推进了许多年，历史又走过了它辉煌壮丽的一段行程。仅就20世纪而言，仅就中国而言，这一方人类之群的历史进程亦是可歌可泣的，是无比壮丽的。较之雨果所认为的资产阶级大革命的壮丽之色，更见其伟大、高尚与持久。

因此，无产阶级有理由写出自己的史诗。如果做不到这一点的话，它将欠下自己本身一笔债务，并且欠下人类总体利益的一笔债务。

正如小说这种体裁不该是资产阶级的史诗一样，它大约也不应该是无产阶级的史诗。换言之，将我们的角度放高一点，站在人类总体利益的立场上，表现出人类有史以来这最为英勇悲壮的一幕。这里仍然让我们想到"工具物"这个名词。

这是一个重要的问题，因为这牵涉到具体操作时的概括手段，艺术视角和操作方法。

以上是我写作《最后一个匈奴》时的"大处着眼"，下面我再谈谈"小处着手"。我想强调的是，在我十年构思中，对于前者的思考甚至超过了对于后者的思考，因为我本身就处在基层，各种情节和细节，门里窗里，涌涌不退，纷至沓来。因此，选择建筑材料并不显得特别重要，重要的是要把上边的这一哲学命题想透。中国的小说艺术长期徘徊不前的原因正是由于我们概括生活时没有能够做到"大处着眼"，从而缺乏一个客观的视角。

《最后一个匈奴》的构思从1979年开始。那年4月，省作协开了它恢复活动以后的第一次创作会。那次会上，我和一位与会者商定合作写一部以陕北为背景的小说。她叫臧若华，一身牛仔，"幸子"头。那时她刚从香港探亲回来，气质和谈吐令会议生辉。创意是她提出来的，她提供了两个情节：一个是毕加索式的陕北剪纸、一个是高粱面饸饹羊腥汤事件。会议结束后，我们一起回到延安，不久，她就偕丈夫去香港定居了。我希望她能够留下来，我说，你的离去，也许会是中国文坛的损失。但是，她执意要走，她说，从北京插队到延安，已整整十年，她实在耐不住寂寞了。她还说真正意义上的陕北作品，也许得你们本地人来完成。

我接住了这位远足者抛给我的球，从此不得安定。思索了几年。我突然发现，她为我提供的两个情节，实际上是解开陕北大文化的钥匙。一幅毕加索立体主义形式的剪纸，它出自一个一出生便被围于乡间，大字不识的农家小姑娘之手。在20世纪的中国，20世纪的陕北，有一个人与毕加索的艺术思维在某一刻达到同步前进。东、西方大相径庭的文化背景，在某一刻突然进入"20世纪风格"。这个天才的剪纸女孩后来遇到高粱面饸饹羊腥汤事件，她死了。陕北大地重新收藏了这个秘密。

这是一个带有"发动机"性质的情节，它一动作起来，便推动了下部的发展。所有的别的材料于是因此而驯服。我为自己的世纪史的下部，准备了足够的材料。

上部的材料来源于刘成章先生。大约是1988年，他委托我跑动跑动他父亲的案子。他父亲据1925年国民党《秦声报》介绍，是当年肤施县的中共党支部书记。1937年国共合作时，受党的派遣，去庐山参加蒋介石的一个什么会议（我翻阅资料，发现那是一个各界名流参加的会议，有梁实秋先生等人参加）。回到肤施县（这时已称延安）后，就被关押，继而自杀于狱中。当然主要的跑动者是刘成章，而尤其重要的是这确系冤案。案子后来翻过来了。我接到刘成章寄来的一封复印的平反决定。在拿到决定的那一刻，我突然意识到了，我跑动的过程，我深入到那个已被岁月尘封的空间的过程，实际上是为我的长篇上卷，搜集材料的过程。

上、下卷的材料基本具备，一部陕北的世纪史便有了成书的可能。

陕北是一块特殊的地域，尤其对中华民族的20世纪来说。

我在悼念路遥的文章中说，陕北，这块焦土，北斗七星照耀下的这块苍凉的北方原野，我始终坚定不移地认为，各种因素，使这里成为产生英雄和史诗的地方。

二百万年前昆仑山卷来的滚滚黄尘，在这里堆积而成这块黄金高原。这里后来成为轩辕部落的本土。天雨割裂，水土流失使它成为中国境内最贫瘠的地区之一。斯诺先生说，人类能在这样恶劣的自然环境下生存，简直是一种奇迹。他称他看到的山梁沟峁好像一幅抽象派画家的胡涂乱抹。

正是在这块土地上，生活着一群不安生的人们，生生不息，传宗接代，以高昂的高原野调和洋芋小米打发着岁月。在一篇文章中，我说：在这个地球偏僻的一域，生活着一群有些奇特的人们。他们固执，他们天真善良，他们自命不凡以致目空天下，他们大约有些神经质，他们世世代代做着英雄梦想，并且用自身去创造传说。他们是斯巴达克和堂吉诃德性格的奇妙结合。他们是生活在高原的最后的骑士，尽管胯下的坐骑已经在两千年前走失。他们把死亡叫作"上山"，把出生叫作"落草"，把生存过程本身叫作"受苦"。——这段话本来是我为《最后一个匈奴》写的题记，后来挪作他用。

由于篇幅的原因，我无法扳着指头，将这块特殊地域的各种文化现象，如数道来。例如腰鼓，一位美国人在看了安塞腰鼓后，惊叹在温良、敦厚、媚俗的中国民间舞蹈艺术中，竟有如此剑拔弩张、个性高扬的舞蹈，类似美国西部艺术的一支。例如陕北民歌，例如剪纸，例如横亘在子午岭之巅的秦直道，等等。这里，我只想说说，造成这块地域各种大奥秘的根由所在。

光绪皇帝派了一位御史到陕北考察（叫王沛棻，是光绪的老师，大约还是梁启超先生的岳丈或婚姻介绍人），回去后写了个《七笔勾》的奏折，里边有一句话叫"圣人布道此处偏遗漏"。下面一节，我们将着重谈谈这个问题。

两千年的封建社会中，儒家学说在一统中国时，网开一面，遗漏了陕北。这种遗漏当然不是为牧者的恩赐，而是在两千年的封建统治中，有三分之一，这块土地被中央集团控制；三分之一，则被少数民族控制；三分之一，为民族战争的拉锯战时期控制。

儒家学说的伟大功绩在于，在漫长的历史进程中，它产生了一种向心力和凝聚力，使我们这个民族延绵至今，而没有像另外三个文明古国一样，泯灭在路途。儒家学说的副作用在于，两千年的奴化教育，束缚了中华民族那种生机勃勃的创造精神，让人们实际上成为精神上的侏儒，这就是百年积弱的缘由所在，面对今天的世界，我们总是茫然无措的缘由所在；也就是"五四运动"何以要以"打倒孔家店"为口号的缘由所在。

但是，真好，历史网开一面，留下一个陕北。大文化背景造就这活泼的、豪迈的、剽悍的、自命不凡的、不安生的人类之群。这令毛泽东如鱼得水的一块特殊地域，这令李自成振臂一呼、应者云集的一块地域。

斯诺先生的确是一个不同凡响的人。他说，20世纪30年代中叶，历史将民族再造的任务，重新放在这块轩辕本土，这块民族发祥之地上，委实是一种巧合。请朋友们在《西行漫记》中寻找他这一句话。

我们民族初生期的那种生机勃勃的创造精神（请想象一下先秦诸子百家争鸣的那个辉煌时代吧），在这里顽强地留存着。民族交融——中华各民族的交融，轩辕氏所封的七十二国（见于右任先生考证）之间的交融，农耕文化与游牧文化的交融，使这里产生了这样一支堂吉诃德式斯巴达克式的人种。

　　这就是陕北。这就是20世纪30年代中叶，当这个民族已经到了生死存亡关头时，造物主何以历史地将民族再造的任务，放在这块金色高原的缘由所在，这也同样是20世纪的中国无产阶级革命，在这里取得决定意义的成功的缘故所在。

　　我想说到这里，我总算把这个艰难的问题说清楚了。

　　我不是为了做学术考证，那是远比我高明的学者们的事情。我是在为自己的长篇创作而服务，没有这一番思考，所谓的史诗只是徒具形式而已。

　　进入实际操作阶段以后，我写得很苦，可以说苦不堪言。

　　有一年多一点时间，我像一个精神病患者，一架不知道什么叫停息的陀螺，一架失控的航天器一样运转着。当画完最后一个句号时，我趴在桌子上大哭一场，我说："你是不可战胜的！"这个"不可战胜"不是表现在这个人完成了这部长篇，而在于经历了那么大的精神的惊涛骇浪以后，他的精神还是正常的。

　　我在写作时掉了三颗牙齿，掉了十三斤肉。我写作时抽掉了一百多条烟。但是说这些是没有意思的，有些作者和我写得一样苦，甚至比我还苦，但是我的书毕竟是出来了，社会毕竟给了我一次和同类对话的权利，而他们还没有。因此，不管怎么说我还是幸运者。

　　我想说的是，不要说我写作时这一章的风格好些、那一章的风格差些，或者上卷好些、下卷差些。请你们认真研究一下，我的每一章的叙述视角，是贴着一个人物前行的。我必须用这个人物的观察、概括、艺术涵养、修辞手段说话——这是个操作手段的问题。在中国，这个问题至今似乎还没有受到应有的重视，而它是使小说艺术这个工具物更精致一些、准确一些的重要一环。

我在写作中案头的两本书，一本是拜伦勋爵的《唐璜》，一本是《印象派的绘画技法》。《唐璜》教给我多样性（这个多样性只有莎士比亚和拜伦才具有），教给我像压路机那样将遇到的所有材料都可以压到这条道路上，教给我挥舞着魔杖一路前行，所有的路途物都因魔杖而点化成金。印象派则教我什么叫和谐，什么叫敏锐，什么叫把艺术的某一个特征发展到极端。然后在峰顶再造一块和谐的平原。

我的下一部长篇叫《天堂之路》（或者叫《回头约》），一个类似《圣经》中的《出埃及记》的故事。福克纳的《我弥留之际》，艾特玛托夫的《一日长于百年》都用过这个框架，仍然是陕北题材。

我十分地感激首都评论界的各位前辈，从他们身上我感受到了艺术的庄严。我是一个小人物，小人物再加上不善言辞，不善交际，那么在这个活跃的世界面前，简直不知道怎么生存。但是，他们没有忽视我和蔑视我，并且在座谈会上，为我说了那么多令我感动的话。我不宜在这里说出他们的名字了，因为可以列长长一个名单。

不过，我要说说朱珩青女士，《最后一个匈奴》的责编。没有她在素昧平生的情况下，给我寄来约稿合同，没有她上门督促，这件作品大约现在还在臆想中，或者根本没有可能问世。尽管它会以遗传基因的形式留给身后，但是，那总是一种遗憾或损失。

辑二　百无一用是书生

梦中我与醒时我

　　我不知道别人梦中的自己是什么样儿，反正我梦中的自己总是不怎么值得称道的。每当夜半三更，身心进入那冥冥之中，梦便袭来。梦中的我，或做事，或游惰，总是呈现出一种极度怯懦的状态。有时前面是一座大山，我攀着攀着，便悄然地隐退了。有时身后有一条巨蟒，我则暗自庆幸自己脱险，而不顾身后之人的安危。待到一觉醒来，头在枕上，慢慢地回想刚才的梦境，常常羞愧满面地长叹曰：我的内心是懦弱的，自私的，我不是一个英雄，我是一个极渺小极渺小的人物呀！

　　我不知道朋友们梦中的自己是什么模样，我梦中的自己便是这般儿。

　　但谁倘若以为白日的我也是这样，那我是万万不能承认的，也是不符合实际的，白日的我还是有一些丈夫气的。来这个世界几十年，走过无数的路程，干过各种的工作，自信于社会，于同志，于家人，于自己都是无愧的。

　　梦中我，醒时我，何以这样黑白分明哟！我，请你告诉我，这梦中之我是真我，还是醒时之我是真我？

　　还得我来回答：都是真我！梦中之我是我，醒时之我亦是我，不同的是有一股气在其中作祟，睡梦中那气便悄悄敛落，贮于丹田之处，醒来后那气便徐徐上升，贯穿体肤之中。待到为某项事业而拼命时，那气便贯长虹，气吞万里如虎了。

为了使我的这种见解有根，我走访过一位木刻家，承蒙他的指教，原来这气说，并非我的发现，是古来有之而且相当普遍的事情了。

李谷一的怅然一唱，郎平的愤然一击，路遥的像夜游神一样在创作状态中流连，皆是一种气贯全身的表现。此时的他们，已不同于我们平日所见到的他们，他们已经进入了一种不能自已的精神状态之中了。谁能达到这个状态，谁就能成功，庸才之于天才，分别恐怕也就在这里吧。

遥想那屈原怒而投江，正是一种气血交进的表现。试看一部离骚，声声带气，句句啼血。而后至荆轲、至项羽、至岳飞、至文天祥、至秋瑾、至方志敏，个个皆是气贯全身的人，所以我们的一部中华大辞典，造出了骨气、正气、丈夫气、气节、气骨、气壮山河、气冲牛斗等等等等数不清的与气有关的字眼。

话再回到文章的题目上来，以我的梦中无气则睡醒时有气则立推开去，我想那世上之人，混混沌沌地生活着的何其多也。他们宛如睡梦中的我一样，自私，懦弱，不愿为民族、社会、家庭、朋友承担一丝一毫的义务，这样的人，来世上一场，不啻是做了一个昏昏的梦而已，何其悲哉！

上面一段文字，正是吐一团闷气于纸端，气已吐完，就此打住，下回生出气来，再作另外的文章。

我爱醒时我，我不爱梦中我。

一根雁翎

鸿雁于飞，肃肃其羽。

——《诗经》

整整一个晚上，我都是在昏睡中度过的。不睡吧，疲惫不堪；睡吧，又睡不踏实，脑子里老是云天雾地的。

突然我听到了雁叫，是那样熟悉的雁叫，我惊呆了。我披上衣服，趿上鞋，向院子里跑去。

那年头，我在祖国的极北地带服役。一个春天，我从芦苇丛里捉了一个雏儿。我们不知道它是什么，但还是精心地养了起来。它长大了，长成了一只漂亮的大雁。秋天来了，每当天空出现雁群的时候，它便会悲哀地叫着，扑噜着翅膀。它飞不起来，但是它有两条腿，它会跟着雁群没命地跑。没有办法，我们靠着边防站那厚厚的围墙为它挖了个窝，还用柳条编了一个门。那已经是深秋了，在凄厉的秋风中，它彻夜彻夜地叫着。早晨，当我打开柳条门，为它喂食的时候，看见它的头，正在往墙上碰。头已经露出圆圆的天灵盖，鲜血把全身都染红了。我被感动了，我把它放了出来。我们再也不忍心剪去它的翅膀了。又过了许多天，当最后一群大雁从我们的头顶飞过时，它闪了闪翅膀，腾空而去。它去了，它留恋地在边防站的上空盘旋了三圈，便加入队伍里去了，唱着豪迈的进行曲，走了，远了……

在这寂寞难耐的夜晚，在这遥远的祖国内地，我又一次听到了雁叫声。这是我的雁叫声，一定是的！

我推开门，大雁已经远远地走了。青苍色的天空只留下一个人字形的图案。我呆呆地望着，睡意全消。

突然我悲哀地意识到，大雁已经把我远远地抛掉了。它们看不起我，因为我缺乏飞翔的勇气。

这时候从青苍色的天空，飘飘悠悠地掉下一个什么东西。我默默地接住了它。这是一根雁翎。这是我的大雁给我的问讯。

我默默退回屋子，关上门，打开了书本。

我用雁翎做了自己的书签。

耐压系数

据说，砖出窑后，要有技术员来试一试它的耐压系数，看它在多少公斤压力下才会粉碎。一个人，一个男子汉，我觉得重要的一点是要耐住生活的压力，就是说，耐压系数要强些。

我有一位朋友，在一个单位已经干了八年，工作方面、处事方面都无可非议，在所有人的眼中都认为他该提拔了，他也做好了晋升的准备，而且，恰好又有一个空缺。事情从这里开始：对他有反感的领导开始刁难他了，有希望获得这个职务的同事开始刺激他了，总之，人们想激怒他，使他丧失理智。我的朋友起初感到莫名其妙，继而感到委屈，尽管他还是有些耐压力的，但是时间是个很可怕的东西。旷日持久的压力，使最有耐性的人也变得焦躁起来，而对方的花样还在不断翻新。终于有一天，也许是一句并不带主语的刺耳的话；也许是一个有意无意的小小的侮辱，比如和大家握手时空过了你，或者敬烟时越过了你；也许什么都不是，只是睡了一觉起来，你受了糊涂妻子的小市民哲学的挑拨，于是来到办公室，咆哮如雷，大吵一场。你所有的好印象，因为这一下，便在大家心目中消失了。你的那些可爱的对手，立即说："怎么样？我早就说他不行吧！"当然他们是在你后边说的，在你面前，他们会讨好，会劝慰你，以胜利者的微笑怜悯你。用不了多久，他们就成为你的上级了。

我看过一本美国小说，说的是一名警察在追捕一名逃犯，背景是美国茫茫的西部荒原。几十个昼夜的追捕之后，两人都累得奄奄一息了，相距似乎有几十米远，步枪也都没了子弹。那位警察在查看了逃犯留在湿地上的脚印后说："我会胜利的，杂乱无章的脚印告诉我，他方寸已乱，我稍稍比他强一点，我还有一点耐性。"自然，警察胜利了。

遗憾的是，砖的耐压系数可以测出来，而人的却测不出来，要不，挑选承担一项艰巨工作的人选的话，就容易得多了。

沉默期

　　我家的左近有一座大山，山修成了阶梯般的形状，长满了一棵一棵的苹果树。每年春上，每年秋上，常有红红绿绿的男女们，成群结队，从我家的门前走过去，去攀大山。久而久之，家门前便有了一条路。

　　春天的时候，人们是去赏花；秋天的时候，人们是去吃果。

　　独有在夏天的时候，这条小路是寂寞的，很难见得一个行人问津。谁到那里干什么去呢？花儿已经早早地谢了，果子还没有成熟，再说那里的空气也不好，苹果树上，喷上了一层令人头晕目眩的药粉。

　　这样，路上的草慢慢地长起来，小路渐渐地变得模糊了。苹果树与世隔绝了。

　　夏天的傍晚，我常常坐在家门口的那块青石上，仰视着幽深的大山。我为它的被冷落而愤愤不平起来。我对着大山，拉长嗓门，由不得吼叫两声。

　　可是大山还是沉默着，苹果树还是沉默着，不为我的言语所动。它静静地把自己封闭在一个空间中，就像一个正在成熟的作家把自己封闭在斗室，一个正在突破的科学家把自己封闭在实验台前一样，远离了喧嚣的尘世，在孤独中完成自我，完成一次奉献。

多么充实的沉默期，多么高尚的沉默期啊！

也许这样做是多余的。从明天早上起，每天每天，我要沿这条小路跑一个来回，悄悄地，向这处在沉默期的苹果树致一个知音者的问候，解一解它心灵的孤独；还有，用我的脚踩扁青草，免得到了秋天的时候，那些来吃苹果的人找不见去山的路。

另一棵胡杨

　　有一次，我乘坐火车，从祖国的北方名城乌鲁木齐出发，向南驶去，天黑时，车停在一个小站上。晚色朦胧，我看见戈壁滩上，一棵孤独的白杨在随风摇曳。不知为什么，这一幕深深地印在我的脑子里了。

　　许多年后，我又乘上这同一趟车，返回边疆，我有意识地用眼光搜寻那个小站，那块戈壁，那棵孤独的胡杨。它在我的期待中出现了，千真万确，一定是它。我像一位久别的朋友一样，频频向它致意。可是，同车的一位老者却大煞风景，他说我看见的，不是上一次的它了。他说，你上次所见者，是九十岁的胡杨，这次所见的，却是百岁胡杨，怎么能一样呢？见我大感不解，他又说，就连你，也不是上一次的你了。

　　说真的，当时我并没有悟出老者话中的道理，直到现在，当我虚掷了半生年华之后，才幡然醒悟。从此，看那熟识的月亮，看那熟识的太阳，看那熟识的钟点，看那熟识的陈迹，再也不敢上当了。

划拳的艺术

　　每一件事情，干到精深处，都可以成为艺术。由于职业的原因，我见过许多的酒宴场面，大到高级宾馆的宴会，小到山乡野店的聚餐。在这种场面，我常常是一个旁观者。我不会喝酒，也不会划拳，所以，每次，开头的时候，都要惶恐一阵子。但不过一阵子。待到酒过三巡，真正的划拳能手和喝酒能手便按捺不住了。他们抛开虚与周旋的我，开始寻找对手，公鸡的冠子开始愤怒地耸起来了。这种寻找往往是以挑衅作为前导的，一句出言不逊的话，惹恼了对方，于是立即出来应战。高级一点的寻找，是用奉承的办法，比如"你一定能喝，你如果划起来，这里面没有对手"等等。这种办法最容易激起对方的好胜心。好胜心一起，脑子便发热了。再加上几杯酒，一场风暴便开始了。这时，我便成了事外之人，站在风暴的中心一个安静的角落，点起一支烟，等待着风暴的过去。

　　我相信，每一个划拳能手，当他划到旁若无人的境界时，他的天性便完全地显示出来，正如一个作家在他的作品里显示出自己的天性一样。遗憾的是，只有那些第一流的作家，才能在创作中进入自由状态，才能不受任何约束地准确地显示出自己的天性。大部分的作家都做不到这一点，所以他们是二流的或者三流的。划拳能手却能轻而易举地做到这一点。生命的狂热在驱使着他们，过盛的精力在驱使着他们。你看吧，两个能手正在角逐，手臂在一张一弛地挥舞着，手指在运用自如地伸屈着，整个身子在极富韵律地摇摆着，全部身心都沉浸在一种癫狂之中。那姿态之美，那配合之默契，也许只有双人芭蕾可以与之媲美。而他们的声音，那是怎样的声音啊，或大声疾呼、或小声碎语，或金刚怒目、或温文尔雅，或拉长噪音奇妙地咏叹、或缩短音节排炮般地出击，简直是像一对二重唱演员在作即兴表演。

划拳当然有胜负之分，那胜者，立即显示出胜者的气派来，手指指处，强令败者一口喝下。那败者，也立即露出败者的风度，端起酒杯，昭示四方，然后扬起脖子，一饮而尽，反而从气势上压倒了胜者。一回罢了，一回再来，直到满桌狼藉，瓶底朝天，才突然意识到玩得有些过分了，让领导瞅见了，不知该怎么想呢，于是该抹头发的便抹了一下头发，该扣风纪扣的便扣紧了风纪扣，该拽衣角的便拽了拽衣角，大家又回到驯良的中国人的形象上了。最后，邀起一旁被久久冷落了的我来，喊一句"各人门前清"，结束。

划拳真是一门艺术，而且是一门以酒助兴的艺术。我是坚决相信，每一个划拳能手，如果能稍稍涉猎一下艺术领域的话，一定会有所成就的。

孤独的手风琴

我的一位友人，某报的文艺部主任，最近光荣退休了——当然他长我许多岁，我们是忘年交。他来到了我居住的小城，排一排心中的闷气。这是一个很有才华的人，据说，有几位著名作家的处女作，就是通过他的手发表的。但他现在老了，孑然一身，编过的稿子都缀着作者的名字，报纸的左上角都挂着报名，他好像一个不曾存在过的人一样——这就叫编辑的悲哀。

离开报纸，他像失掉魂儿一样，恍惚不定。我说："您不妨提起笔来。写点东西吧！"他答曰："正是！总编也这么说了：'我知道你是有才华的，多年来委屈了你，现在，请便吧！'"老者闭门三日之后，又来见我，泪流满面地说："不行了，老了！"遂将一支笔，狠狠掼在水泥地上。

说起艺术，他说他最喜欢苏联伊萨柯夫斯基的诗。他在中学时代就喜欢它。老者为我一字不漏地背诵了伊萨柯夫斯基的《孤独的手风琴》，背诵完了，又轻轻唱了一遍。

友人现在又回到他居住的都市了，不知为什么，我常常想起他，我的心中时常激荡着他那压抑的歌声。我总觉得，他就像歌中那拉手风琴的青年一样，在满是人类的大街上，孤独地徘徊着，渴望友情。

速记两篇

一

你现在所处的地位才是正常的，符合生活自身逻辑的。

原先，身边所有的人都推崇你，恭维你，把你捧到天上，好像他们身边突然出现了一位"当代英雄"。那样才是反常的呀！吝啬的生活决不会慷慨地给你那么多朋友的！所以，当我第一次见到你时，我就深深地为你担忧了，我就预感到你今天被人冷落的处境了。再说一遍，朋友，你现在所处的地位才是正常的，所以，你不妨平心静气地接受它。

二

他的那双被内心的热能烧得失去光泽的、干涩的眼睛，他的被骚动不安的血液充斥着的、菜青色的脸庞，他的无缘无故的发怒和反复无常的激情，这一切都告诉人们：他在期待！这是一位没有发挥出自己热能的天才，一位正在期待中的天才。在我们生活的近旁，在目光所不能企及的远方，这样的人物比比皆是。只要有一种外力，哪怕是轻微的一点，他们就会动起来。跑道就在脚下，冲刺吧，朋友！当他们的精神能量释放出来的时候，平庸的人们会因此而大吃一惊，并把这个作为一生的话题而去感慨，压制过他们的人会一转而躲在他们的树荫下面，讨取好处。但是不管怎么说，他们成功了，人类得到了好处。人类精神财富的宝库就是靠这些人释放的精神能量堆积起来的。假如没有这些财富，世界将会多么荒凉呀！

河南人赋

　　一位雀斑姑娘托人找对象，人托人，托到我的名下。姑娘的条件不多，有一条是"不要河南人"。

　　呜呼！河南人！那生活在中州平原之上的极能吃苦耐劳的人民，那生活在黄河水平面几十米之下的整天提心吊胆的人民，那随着一次又一次的黄泛，唱着凄凉的古歌，担着孩子，背着花格包袱，牵着看家狗，向北方流浪的，宛如吉卜赛人的人民。

　　记得小时候，我们村就来过一个河南人。他是个黑黑的铁匠，有一双坚硬的、青筋暴起的大手。我们村是个同姓村，排外意识十分强烈，然而，却很宽容地收下了他。原来，村里一户有声望的人家生了双胞胎女儿，正在发愁，铁匠就要了一个去，收养起来了。他就这样扎下了根。随后，又领来了老婆和弟弟妹妹，当然是担着孩子，背着花格包袱，牵着看家狗来的。根慢慢扎稳了。他凭自己的聪明才智，吃苦耐劳，不知不觉地达到了和村人平起平坐的地步。后来，竟盖了新房，成了我的邻居。先前，我是看不起他的，我觉得他最初的收养，纯粹是出于一种心计。待后来，随着阅历的加深，随着我北方的几万里游历，我的看法变了，我觉得那是生活的逼迫，是生存的需要。他后来袒露的，才是自己的本质。他本来就是一位强悍的河南人呀！在祖国辽阔而粗犷的大西北，大一点的集镇里，几乎都有河南人居住。至于城市里，更是充耳皆闻那"四""十"不分的口音。我常常为此而感慨，我不知道他们是在哪一次黄泛中流落出来的，我在一首诗里唱道：我怀着历史的民族的感情、向流落在外的河南人致敬，感谢他们在北方大地上的蔓延，感谢他们落地生根的本领。

在祖国的西北角之角，有一条流向北冰洋的蓝色河流。前些年，当我还是一位边防军士兵的时候，我打一个叫西北渡的地方过河。摆渡工是一个穿着宽大的黑灯芯绒上衣，腰扎宽皮带，脚蹬马靴的哈萨克老人。那是春天，是大河流凌的时节，是羊产春羔的时节，是白云开始在天空奔跑的时节，是最能引起人乡思的时节。不知是什么缘由，老人接过我卷好的一根莫合烟，突然说，他是在多年前一次黄泛中，来到这里的，他是河南人。记得，我当时被深深地震撼了，我不知道在那不通火车的年代里，他是怎样穿过河西走廊，穿过那高耸入云的乌鞘岭，穿过维吾尔人居住的地区，穿过蒙古人居住的地区，走进哈萨克帐篷，被招赘为婿的。要是没有国境线的阻挡，他也许会顺着这蓝色河流，一直走下去，走到那没有国籍的北冰洋，在那里为我们占一块新大陆。他是河南人，那寒冷，他能适应的！他们什么都能适应。

我后来与那老人结成了忘年交。巧得很，老人的小儿子，一位英俊的哈萨克小伙子，就在我们边防站当翻译。他说，那西北渡原来叫"齐伯渡"，后来归生产建设兵团管辖，为了顺口，才改成西北渡的。我于是暗想，那老人也许姓齐吧，不知是中原大地上哪个齐姓人家的后裔。

现在，对着大地图，我做着种种遐想。要不是那雀斑姑娘的提示，我久久蕴藏在心中的对河南人的感情，如何能如此流利地涌抵笔端？从这一点上说，我感激她。作为回报，我愿她看到这篇小文，从而收回她那令人啼笑皆非的条件。

十五的月亮升起在天空

　　造房子的工人师傅也许知道我酷爱月儿，所以给我南面的墙壁上开了个大大的窗子。我也就顺势将床支在了窗下。每每有月亮的夜晚，我便不去拉那窗帘，为的是让月光照我入睡；有时醒了，还与那缓缓行驶的月亮作无声地交谈呢。

　　今夜月亮又升起来了。月亮亮得温柔，圆得浑厚，比往日多出许多的神采。我突然记起这是八月十五的月亮，于是不能入睡，盘腿坐在床上，无端地生出许多的遐想。

　　我想这月亮是最慷慨最无私最一视同仁的，她将自己的一捧光华，匀称地洒在大地上，不管你是工人，不管你是农人，不管你是干部，不管你是学生，欲想取之她便予之，只需等她从天空走过时向她讨便行了。

　　我由此而联想到钟表。原先的钟表是挂在墙上的，宛如高悬于空中的月亮一样，施恩惠于大家，谓之挂钟。后来高级起来了，价钱贵了，体积小了，重量轻了，轻到小到可以揣到怀里，以至于可以用一个带子或链子拴到手腕上，并且取了个高雅的名字：表！我常常想，一只手表只服务于一人，多么可惜，假如将这些手表统统换成挂钟，手表以一百元一只论，挂钟以三十元一只论，一只手表便可换三只挂钟，那么，城市的所有的公共场所，所有的私人房间，都可以挂上挂钟了，农村的公共场所也可以挂上挂钟了。我们想要知道时间，只需把头稍微扬起一点，像看月亮一样，多么方便。且又少了平日的防窃、检修、上发条之累。我们的手腕也不至于因为文明发展到今天，便被无端地系上个铁蛋子，而满腹委屈。

倘若人人都将自私心理取掉，都施恩惠于别人，那我们这个荆棘丛生的社会将会变得多么美好呀！

且莫扯闲，看那月亮正行驶到我的窗前，印在我的窗户玻璃上，姣美的月呀，光洁的月呀，仪态万方的月呀。我越看越觉得那月像一个挂钟，还是一个镀夜光的挂钟呢！

那个为我开南墙窗户的匠人，也许正像我一样望月呢！哦，十五的月亮升起在天空。

新旧《七笔勾》记

八月十七日过定边，得一光绪皇帝特使、朝内翰林院士王培棻来三边视察时所作辞赋，名曰《七笔勾》，抄录于后：

万里遨游，百日山河无尽头，山秃穷而陡，水恶虎狼吼，四月柳絮稠，山花无锦绣，狂风阵起哪辨昏与昼，因此上把万紫千红一笔勾。

窑洞茅屋，省去砖木措上土，夏日晒难透，阴雨更肯露，土块砌墙头，灯油壁上流，掩藏臭气马屎与牛溲，因此上把雕梁画栋一笔勾。

没面皮裘，四季常穿不肯丢，纱葛不需求，褐衫耐久留，裤腿宽而厚，破烂亦将就，毡片遮体被褥全没有，因此上把绫罗绸缎一笔勾。

客到久留，奶子熬茶敬一瓯，面饼葱汤醋，锅盔蒜盐韭，牛蹄与羊首，连毛吞入口，风卷残云吃尽方撒手，因此上把山珍海味一笔勾。

堪叹儒流，一领蓝衫便罢休，才入了黉门，文章便丢手，匾额挂门楼，不向长安走，飘风浪荡荣华坐享够，因此上把金榜题名一笔勾。

可笑女流，鬓发蓬松灰满头，腥膻乎乎口，面皮赛铁锈，黑漆钢叉手，驴蹄宽而厚，云雨巫山哪辨秋波流，因此上把粉黛佳人一笔勾。

塞外荒丘，土鞑回番族类稠，形容如猪狗，性心似马牛，嘻嘻推个球，哈哈拍会手，圣人传道此处偏遗漏，因此上把礼义廉耻一笔勾。

这位王大人不愧是翰林高手，文章倒也写得沸沸扬扬，妙语如珠，只是语中荒谬之处甚多，因此引得三边百姓，怒火中烧。庚子年间，光绪皇帝与慈禧太后避祸西安，靖边县令丁锡奎等人专程去告御状。众怒来犯，光绪遂宣布王培棻这个《七笔勾》奏章无效，并革其职，贬为七品县令。

向我们提供这个《七笔勾》的是县委常委兼宣传部部长，一位精明能干的女同志。事情已经过去许多年了，提起此事，这位女强人尚有余愠。她是将《七笔勾》作为批判材料向我们提供的。我们注视女部长那穿半高跟皮鞋的灵巧小脚，也觉得"驴蹄宽而厚"这句话实在太损。

女部长籍贯长安，在定边已工作多年，并且成家立业，年前刚从省党校学习归来。问起年岁，恰好与笔者同庚。女部长对定边感情甚深，真有点乐不思蜀的味道。比起女部长来，那位王大人就浅薄和卑微得多了。

二十三日至榆林，遇陕北才子李德忠，谈起《七笔勾》之事，李更是义愤填膺，怒不遏言，称这是反动观点，邪恶感情。李一时心血来潮，文思奔涌，新赋《七笔勾》如下：

三边遨游，满目春光无尽头，山青果树茂，水蓝鸭儿稠，燕翅抖新绿，山花铺锦绣，月下柳丛情语甜，因此上把穷山恶水一笔勾。

幢幢红楼，柳暗花明鹦鹉啾，窗含满天霞，门对一湖藕，字画墙上挂，台灯摆柜头，电视机前话天下，因此上把茅屋草舍一笔勾。

健男俊女，穿衣镜前竞风流，男着大西装，皮鞋牛仔裤，女戴银项链，牡丹衣襟绣，满街华服竞争春，因此上把烂衣破鞋一笔勾。

客到喜留，香烟清茶递到手，油糕肉粉汤，饸饹炖羊肉，老少捧酒碗，对客频祝福，支支酒曲暖人心，因此上把粗糠烂菜一笔勾。

天高地厚，文学人士显身手，吟诗弄华章，高歌开金口，一腔赤子血，描绘塞上图，庆功会上戴红花，因此上把懦弱儒士一笔勾。

高原女儿，浓眉大眼描花手，春耕黄土地，秋收满仓流，采柳编花篮，美名传九州，窈窕淑女君子述，因此上把窝囊女流一笔勾。

塞上绿洲，蒙汉回族情意稠，你敬粮棉油，我赠毛皮牛，信天游情深，爬山调意厚，宁夏道情唱不休，因此上把陋习偏见一笔勾。

三边指定边、安边、靖边，古来各立县治，现安边缩制为乡，属定边辖。并记。三边地域特殊，东接内蒙古鄂前旗，北接宁夏盐池县，西接甘肃华池县，南接延安榆林，属陕西辖。又记。

我的朋友不还居士

　　她在南山底下修炼时的法号叫不还居士，她在户籍本上填写的名字叫高洺，因此我的叙述用"高洺"这两个字。高洺在西安的文化圈里，是个鼎鼎有名的人物，老一点的人大约都知道她。作家张敏写过一个中篇小说，叫《黑色无字碑》，那里面的女主人公写的就是她。大约1983年吧，西安严打，抓了十几个熄了灯跳贴面舞的青年，这些人或被判刑或被劳教。高洺也在其中，她被判了一年半劳教。

　　那事后来平反了。高洺把自己这段经历，写过一个纪实性中篇，名字叫《我住女监一年半》，发表在《今古传奇》杂志上。杂志又给配了些当年高洺的照片。那照片叫人想起张敏小说中的话：她走在大街上，阳光照亮了一条大街。

　　高洺后来推着个小推车，在二府庄小区门口卖打火机，五角钱一个接过来，一块钱一个卖出去，挣中间那个差价。高洺好像还开过饭馆，叫"米喜米乐"，生意好过一阵子，开业和歇业，她都请大家去吃饭。

　　高洺向佛，大约是很有些年头了吧！记得有一次她说她在家里，已经修炼到第三层了。啥叫第三层呢？她说是"灵魂出窍"。

晚上她在家里打坐，想哪位了，身体还在家里，灵魂会离体，飞来叩访大家。我记得当时大家听了，面面相觑，都有些害怕，说你以后要来，最好亲自来，并且事先打个电话，夜半更深，一个幽灵在家里游荡，会吓死人的。

还有一次，高泓说有喜事。什么喜事呢？高泓说她已经修炼到返老还童了，其标志是停经多年，最近这月经又来了。这话说得煞有其事，不由得你不信。

高泓后来遁入南山，法号不还。取不生不死、知生知死之意。在子午镇东边山上一个叫南豆角的地方，半山顶搭起个茅棚修持。我时有耳闻，事务忙碌，也没有再见她。去年年底，她先生打来电话说，不还居士从南山回来，请客，她写了一本书，叫《叩梦》，送大家。

这时候的高泓已经六十二岁了，面白如雪，面红如酡，其神情举止，像个小姑娘似的，叫人见了，觉得异样。觉得造物主造万物，总造出一些奇异之人、奇异之事。

她的那本书，我翻了翻。我上面所回忆的这些细节，书中好像都有。书写的很好，有深度，只是玄学的成分多了点。人类一思考，上帝就发笑，倒不如像讲故事一样，将你知道的和不知道的，就近讲来，平实讲来，那样会更见高明。

书上有张照片，是她先生照的。我的一幅画，就是看着这照片画的。照片上的高泓，比我这画上的高泓，还要年轻和漂亮一些，妖魅一些。

高泓的父亲是老将军，还健在，据说抗美援朝时是志愿军军长。小寨那里专门修了个将军楼，养他。

西安是大都市，它容忍和包容各种另类的、异类的人生存。大约只有像西安、像北京、像南京这样的文化古都，深池大泽，才能孕育出这种莎乐美式的异之花。

海明威的狮子或者罗布泊的马

　　站在世纪末这庸俗透顶的文学氛围之中，来眺望下一个世纪的文学，我不知道这种眺望会有什么意义，因为眺望必须站在一个高处。浪漫派诗人海涅说：再见了，油滑的男女，我要登到高处去，从山上来俯视你们。这里说的"高处"，正是此理。

　　我们为什么要从事文学这个苦难的职业？最近我常常想这个问题。

　　文学确实是一个苦难的职业。可以毫不夸张地说，谁选择了文学，谁就选择了不幸的命运，谁就将自己作为祭品，毫无保留地为缪斯之神献上。我们热泪涟涟地看到，在崎岖的文学小路上，横七竖八地躺倒着许多的失败者，而又有许多命定的失败者，又向这条小道上拥来。哦，请问这是为什么？

　　哦，可怜的、悲壮的、堂吉诃德式的你们（包括我），为什么要走向它呢？会有成功吗？不会有的！即便有短暂的荣耀，瞬间的鲜花与欢呼，那也只是过眼烟云而已。你不记得匈牙利诗人裴多菲那悲凉的吟唱：希望是什么？是娼妓！它对谁都蛊惑，将一切都给予，待到你牺牲了最宝贵的东西——青春，它就抛弃你。

　　曾经有过一个大成功者叫鲁迅。然而，鲁迅先生将他手中的手术刀换成一管叫"大小由之"的毛笔。究竟值不值得，还待商榷。

可敬的先生想用他手中的笔来疗救社会，那么，社会得到疗救了吗？今天的人类较之鲁迅笔下的人类，大约走得更远。另一个成功者是小说家赵树理（周涛在一篇文章中称赵树理是中国最朴素的小说家，我十分同意他的话）。然而，赵树理在晚年的时候，突然对他的创作产生深深的怀疑。据说他想用他的稿费，在家乡开一个化工厂，生产化肥，直接为父老乡亲们服务。

这正是我这一段时间的思考。在思考的途中，我眼馋地望着街上那些开大排档的人、那些开出租车的人、那些小学教师、那些胸前象征性地别一支钢笔的干部。我想：我本来可以成为他们的，可是，我现在成了一个蹩脚的写作者。

这种思考再递进一步，我最新的一些思考才是本文的主题，而且它恰好有助于回答"眺望"这个命题。而这种思考，是由于去年在罗布泊北沿见到一匹倒毙的马，继而又联想到海明威作品中，那乞力马扎罗山山顶的狮子而想透的。

一些年前我读过一本海明威的小说。小说的扉页上有一段奇怪的话。

那话说，在非洲最高的山——乞力马扎罗山的山顶，雪线以上的地方，有一头狮子的冻僵了的尸体。这只狮子，它离群索居来到这又高又冷，既没有食物，也寻找不来友情的山上干什么来了？没有人能作出解释。

好一个"没有人能作出解释"！这谜语一般的话音里隐藏着某种悲剧式的神秘。读了这段话，我当时不甚了了。直到去年，我在从鲁克沁小道进入罗布泊的道路途中，在库鲁克塔格山北面的黑戈壁上，见到一匹倒毙的马时，我才突然间了然有悟。

那马躺倒在距罗布泊约一百公里的地方，已经成为一堆白骨。它是谁？它是为什么事情到这死亡之地来的？它是因何而死的？这些我们都无从知道。它的头朝向罗布泊方向，尾巴向库鲁克塔格山。四周是茫茫的戈壁，没有一滴水，没有任何生命。孤独的行旅者啊，可怜的、悲壮的行旅者啊，它到这罗布泊荒漠中干什么来了？我在这一堆累累白骨的旁边伫立良久：是的，没有人能作出解释。

如果要为这头狮子和这匹马作出解释的话，那么我想说，这是命运使然，使命使然。族类中的一部分，它们注定要离群索居，走上这宿命的道路的。正如我没有成为一个商人，没有成为一个出租车司机，而偏偏要费力地握起这支蘸水笔一样。

怀着一种宗教般的感情，带着一颗基督般的爱心，我写下以上的文字。

为曾经从事和正在从事并即将从事这个职业者的动机注解，为伟大的鲁迅和杰出的赵树理注解，并且回答本文开始时的那个命意。

我感到通过上面那一段盘旋之后，我现在站在了一个高处——精神的高处，来眺望下一个世纪的文学，来回答下一个世纪的作家当具备哪些素质这个问题。

那结论就是——我觉得未来的作家，正应该是这种"海明威的狮子"或者"罗布泊的马"。

他们将背起沉重的文学十字架，走入人类精神的荒原，走上人类精神的高处，去开拓和改造。"坟那边是什么？哦，没有人去过，那么让我去看一看。"（鲁迅《过客》）

我渴望伟大古典精神的复苏，我渴望古希腊文学的那种悲剧感和崇高感，能重新注入我们的文学精神。眼下，在消解崇高和非英雄化思潮的影响下，我们的文学已经在油滑和庸俗的道路上，越滑越远了。

我在《北京文学》不久前的一期上《对中国文坛深深的失望》

一文中说过这么一段话："19世纪的经典作家们几乎都是些人类精神的教父，而20世纪的作家为了能从满地的垃圾中寻找到一点残羹剩炙，不惜把自己降格为苍蝇。"允许我把这句话在这里再重复一遍。

末了，我还想起苏联作家帕乌斯托夫斯基的一段话，顺便也抄在下面，作为结束："是什么东西迫使作家从事这种高尚的，但有时又是异常艰苦的劳动呢？首先是心灵的震撼，是良心的声音。不允许一个作家在这种工地上像谎花一样虚度一生，而不把洋溢在他心中的那种庞杂的感情慷慨地献给人类。"

百无一用是书生

梵高想自杀，掏出一把火药枪，朝自己的小肚子，开了一枪，不久人就死了。徐渭想自杀，跳到河里井里，水不沉他，想上吊，头刚塞到绳圈里，绳子就断了，人无用到连自杀都一再失败。梵高想做爱，从小镇上招来个站街女，做一番活塞式运动，就完事了。徐渭想做爱，可是老婆不让上炕，情急之下，操起一把小榔头，把老婆的脑袋给敲碎了，于是乎锒铛入狱。

东方和西方相比，这两个艺术家很相似。不过我今天只想说徐渭。至于梵高，留在以后再说。"百无一用是书生"这句话，就是徐渭说的（编者注：这句诗连同下句，是清代诗人黄景仁作品，为七律《杂感》中一联，此处作者记忆有误），这是一副楹联，它还有前半句，叫"十中九人堪白眼"。世态炎凉，晚境凄凉，他用这副对子说出。比这更寒彻刺骨的大约还有那四句诗，诗曰："半生落魄已成翁，独立书斋啸晚风。笔底明珠无处卖，闲抛闲掷野藤中。"天才者徐渭，以画名天下，以文名天下，以怀才不遇名天下，以疯癫痞顽名天下。这上面四句诗，是一幅叫作《墨葡萄》的题款，先画了一幅画自喻，又见缝插针，写上这些话。

将近三十年前，我曾经到过徐渭的故居，那在浙江绍兴城的一个小巷里。错落的民居中，有一个小小的院落，用白色围墙围定，里面几间青砖旧屋，墙壁上爬几根青藤。那小小的大门上有一副楹联，可称是天下绝对，右手是"几间东倒西歪屋"，左手是"一个南腔北调人"。横批则是"青藤书屋"几个字，这字写得歪歪扭扭的，不知是徐渭的亲笔，还是后人的仿照。

记得那天，我特意留意了一下这徐渭的旧屋的对面，因为这位稀世天才最为人津津乐道的，就是他七岁时写的那副春联。他先写上"门对千根竹，家藏万卷书"。徐家的对面住了户财主，财主见了春联心里不平衡：我家后院一片竹林怎么成了你的笔下风景。于是乎一怒之下，把后院的竹子砍了。谁知徐渭一见，笑吟吟地给这副春联各加一字，变成了"门对千根竹短，家藏万卷书长"。财主见了，愈见气恼，将这片竹子林连根掘掉，心想看你这七岁蒙童再怎么写。徐渭一笑，又各填一字，于是春联变成了"门对千根竹短无，家藏万卷书长有"。

记得那天我特意留神了一下柴门的对面，看是否有人家，看是否有竹林。时过境迁，物是人非，现在的对面，该是一家街办工厂了。

南方的那些文化人，以恃才傲物而负气天下，总想折腾出一番事业，结果往往碰得头破血流。行文至此，本来是说徐渭，我突然想起那个太湖边上迷楼里居住着的柳亚子。柳先生住在迷楼里（一座简陋的三屋砖楼而已），装神弄鬼，一会儿给孙中山写信要官，叫"只叹无路请长缨"，一会儿又给毛泽东写信，献殷勤，叫"并世支那两列宁"，叫"说项依刘我大难"，理他了，用他了，就万事皆好，稍有慢待，就骂人了。

文人的牢骚之口，最是讨人嫌的。我们的老古董"三言两拍"里说，天下最厉害的是三张口：一是媒婆的口，传遍四方；一是乞丐的口，吃遍四方；一是文人的口，骂遍四方。这是插话，这里不提。

徐渭是一位天才，中国文人画经过徐渭的时代，提高到一个空前的精神高度。相形之下，我的一孔之见，那些后世之艺术家们，从精神层面上都还达不到他。比如董其昌，他的山水，总像一个官场高手在设一个大迷局。而郑板桥，字里行间，总透出一股腐儒酸儒穷措大的小官吏气来。吴昌硕最接近他的气质，但是他不敢走得太远，稍有出格，则又缩回到守成。齐白石文化底蕴太浅，乡里人看天下而已。林风眠中西兼容，可惜没有涉世或不敢涉世。比来比去，也许只有挟十三朝长安古都之遗风，具有激越的诗人情怀的石鲁，最接近徐渭，同时也最接近梵高。

西安人敬畏书籍

西安人对书籍有一种天生的敬畏。这大约与这座城市的过于古老有关。学者们爱说西安这座四方城是儒家文化的一个大堡垒。其实在儒家文化之前，陕西人就有文化了。《诗经》里那些古汉语发音，你现在还偶尔能从那些老西安人口中听到。中国历史上有两次著名的焚书坑儒，这两次都发生在西安：一次是秦始皇，一次是黄巢。黄巢不但把浮在眼面上的书都烧了，就连会哼两句二六句子的民间文化人，也格杀勿论。

但是西安人依然爱书——令人感动地爱书。他们视书籍为一种神圣的东西，敬若神明。这些爱书者中，包括那些粗通文墨的人，甚至包括那些大字不识一个的人，例如我的母亲。

八届书市（又称图书节）1998年秋天在西安举办。整个偌大的西北体育场，在那一个礼拜内人山人海，万头攒动。电视上说的是书，报纸上说的是书，市民们口中说的是书，出租车司机给乘客喋喋不休地谈书市，就连我乡间的亲戚，也给我打电话来说，在电视上看见了我签名售书的镜头。

面对西安市民对书籍的热情，举办方和来自全国各地的出版家们、书商们都颇为震撼。他们说八届书市是自书市开展以来，最火的一次。

八届书市上我去了两次。第二次签名售书时，中午了，我看见一位三十多岁的瘦瘦的青年，在我的书桌前徘徊了很久，于是我举着手里的《愁容骑士》说："买一本吧，你不会失望的！这也许是今年出的最好的书！"那青年听了，羞涩地笑一笑说，他是下岗职工，口袋里只有二十块钱，如果买了书，下午饭在哪里还不知道！我听了这话很感慨，拿出一本书，签上名送给他。他匆匆地低着头走了。

西安人穷，陕西是全国各省区市中，人均收入最低的地方。写到这里我有些伤感，支撑起囊中羞涩的西安人那高贵的头颅的，也许只有文化了。

签名售书时还有一件事，叫我念念不忘。一对年轻夫妻，拖着一个孩子，来到我的书桌前，他们问我认不认识他们。我说不认识。那女的说，当年我在西安钟楼签名售书时，曾经为她的肚子里的孩子写过"生子当如孙仲谋"的话，如今，这个"孙仲谋"已经上小学一年级了。听了他们的话，我很感动。他们要我为孩子再写一句话，于是我在书的扉页上写下"让生活的每一天都成为节日"。

西安的东六路，是西北最大的图书集散地，全国四大图书市场之一。它在1993年的时候，因为陕西作家的几本书而达到大盛。那时不独西北五省区，甚至东南沿海的书商都到这里来调书，书商们把那叫"倒流"。那时社会上流行着一句话：现在来钱最快的一是贩毒，一是做书。

较之当年，现在的东六路图书市场已经萧条了许多了。这与整个图书市场的萧条有关。先富起来的那部分书商，大多已经洗手不干。几天前，几个住在西安高档住宅中的当年的书商，请我去他们家，听到他们牛皮哄哄地谈自家的车，我有些不高兴。当他们说墙上白花花的，少一幅字画时，我起身告辞了。

目下的西安，大大小小的书店大约有一百多家，那些报刊零售亭则遍布街道。新华书店还算红火，民营的几家大书店则似乎更火一些。例如小寨有个汉唐书店，时常请国内的知名作家来店里签售。我记忆中，这两年活跃的作家许多都去过。例如我去的那一次，就有北京来的张抗抗、周国平。

话说得有些长了，就此打住。

最后我想说的是，西安这座古老城市本身，就是一本常读常新的大书。最近，西安"城墙办"召开汉唐入城式研讨会，要我为他们撰一副联，于是我信口说出"打开西安这本书，阅读中国大文章"两句。

人哪，你应当有高贵与孤傲的灵魂

——谈我读过的几本书

第一本叫我深深震撼的书，是法国作家罗曼·罗兰的《约翰·克利斯朵夫》。1979年省作协恢复活动后，举办过一个谈书会。我参加的是第三期。谈书会的必读书目，第一个就列了《约翰·克利斯朵夫》。主持读书会的黄桂华老师说："这是一本造就了1957年中国一代'右派'的书，它讲的是个人奋斗和人的尊严。你们读一读，也许对文学创作有好处。"

书是四卷本。这是一本以音乐家贝多芬为原型的小说，告诉你一个人的心灵可以崇高到什么地步，宽广到什么地步。以前我读过不少的书，也写过一些所谓的文学作品，《约翰·克利斯朵夫》叫我明白了，什么才是真正的文学，同时叫我明白了，一个艺术家应当怎样高贵地活着和思考。

另一本对我产生重要影响的书，是拜伦的《唐璜》。天才的拜伦，为英国社会所不容，于是吟唱道："要么是我不够好，不配住在这个国家；要么是这个国家不够好，不配我来居住。"吟罢，驾一辆豪华马车，左臂挽一个黑人美女，右臂挽一个白人美女，开始在欧罗巴大陆游荡。长诗《唐璜》就是他游荡的产物。而《唐璜》

的稿费拜伦用它装备了一支希腊独立军。拜伦自任总司令。这位天才最后害热病死在希腊半岛。

《唐璜》是一部气势恢宏的长卷叙事诗，流浪汉结构。长诗妙语如珠，犀利峥嵘。大家认为20世纪艺术的承前启后者是毕加索，其实你看看《唐璜》，你就明白了，那些20世纪的艺术思想，甚至包括那些现代派们的种种标榜，其实在《唐璜》中就有了。拜伦对他的时代以及后世的影响，举个小例子你就清楚了。俄罗斯文学一夜间从原野上孱弱的小草成长为参天大树，奥秘在于普希金的出现。而普希金说："我因为拜伦而发了狂。"普希金的代表作《欧根·奥涅金》，就是模仿《唐璜》的产物。当作品刚出版时，俄国人就说："这是《唐璜》的俄国版。"

还有一本对我影响颇大的书，是《印象派的绘画技法》。莫奈、德加、赛尚、高更、梵高这些印象派大师们，教给我什么叫作和谐。最近我突然不知道哪一根神经不对了，半年时间画了几百幅画。一位美院学生说，没有几十年笔墨功夫，这画面不会如此和谐。我坦白地说，笔墨功夫我没有，不过"和谐"我是懂一点的，写《最后一个匈奴》时，我案头必备的两本书，一本是《唐璜》，一本就是《印象派的绘画技法》！

英国人类学家阿诺德·汤因比的《历史研究》与《人类与大地母亲——部叙事体世界历史》，也在这十年中对我产生了重要影响。汤因比的这两本书，以一个人类一分子之于人类社会的炽热感情，历数了文明各板块孕育、成长、强盛、盛极而衰、消亡的过程，对两河文明、埃及文明、中华文明、希腊文明、罗马文明、印度文明等等，作了详尽的叙述、剖析和归纳。并且在书的结尾说，也许经过时间考验，逾几千年岁月至今依然郁郁葱葱的中华文明，是解决目前人类种种危机的一剂良方，是人类未来的出路。汤因比还对新疆大地，表现了最高的敬意。他说："如果让我重新出生一次，我愿意出生在中国的新疆，那是一块多么迷人的地方呀！可以毫不夸张地说，它是世界的人种博物馆。"

这几年，我在西域大地风一样的行走中，常常会想起汤因比，是他给了我一个走入历史空间、走入人类内心的视角。我这几年出的几本关于农耕文化与游牧文化之交融的书，里面总脱不开汤因比的影子。

大先生的书永远不会过时

——为2020全民读书月而作

    鲁迅先生是56岁头上去世的。老高今年66岁了，一想到伟大者如鲁迅先生，56岁头上就走了，而愚顽者如我，居然比他多活了10年。多浪费了10年的布帛，多糟蹋了10年的五谷。一想到这里，我就十分地羞愧。我想，我一定要努力地做事，努力地活着。先生是高山，我只是一抔土。

    鲁迅先生是现当代文学第一人。这个地位是不可撼动的。鲁迅先生的《狂人日记》是新文化运动的第一本白话文小说。在鲁迅先生的灵堂前，郁达夫先生献了一个挽幛。挽幛说，一个没有天才出现的民族，是愚昧的生物之群；一个有了天才出现而不知道爱惜的民族，是不可救药的奴隶之邦。达夫先生的这段话屡屡被人提及。长歌当哭，这当是全民族的哭声。

    鲁迅的骨头是最硬的。他没有丝毫的奴颜和媚骨。鲁迅先生自己说，我的一生都在和无所不止的庸俗做斗争。大地上布满了庸俗，无孔不入。鲁迅先生超乎其上，他在那个年代里，犀利地发出了呐喊，而《狂人日记》以及他的所有的作品，就是他的喊声。如果我们这个民族还要继续走下去，那么永远不要丢开鲁迅。他的书永远应当作为教科书来读。前几年，一些省份的教科书，把鲁迅先生的许多作品去掉了，意思是说鲁迅先生的目光过于犀利，言辞过于激烈。他们的脆弱的弱不禁风的神经接受不了。妈的！

鲁迅先生最初是学医的。他在日本学医时，看了一部电影，电影是一些日本兵在砍中国人头颅的视频。然后旁边站着一群留辫子的中国人在面无表情地看着。这一幕让鲁迅先生受到了深深的震撼。他从此把他手中的医生的手术刀扔了，换成一个名叫"金不换"的毛笔，他要用文学来拯救中国人的灵魂。《狂人日记》就是他拯救中国人灵魂的一件作品。他在日记中悲怆地喊道，救救孩子！

那么时至今日，中国人的灵魂得到拯救了吗？我很怀疑。我在一次会上说，鲁迅先生把他手中的手术刀换成了毛笔，这有用吗？我说，如果他握着手术刀，他还可以感到自己实实在在地救活了几个人。而文学，他实在是无力的啊！

鲁迅先生的文笔，是最好的。很多人不懂，以为他白眼睛仁审视着你，冷峻而深邃。他们不知道那眼神中充满了对中华民族的大爱。先生在出道之前，为了养家糊口，曾经给人写过三年的墓碑。所以他的文字，刀刻斧凿。他的文笔得到了最好的磨砺。

2006年5月23号晚上8点，我在北京师范大学讲学。那个地方叫作京师大讲坛。讲课前下了一阵小雨，我在北师大校园漫步。在一个浅浅的湖边，竖着五四运动纪念碑。另外，还有一块不规则的大石头，大石头上刻着一个大写意的女学生像，那是刘和珍君。而旁边刻着鲁迅先生的《为了忘却的记念》。我脱帽向那一段历史致敬。

8点钟，我走向讲台，我说，老高迟缓的脚步，用了60多年的时间，才走到大先生当年讲课的地方。让我说的第一句话是，向鲁迅先生致敬，向我们民族光荣的昨天致敬。我的话音刚落，突然北京城一片红光，所有的建筑物都笼罩在这红光之中，学生们都爬到窗户上去看，我也去看，只见雨后的北京城，西边天空升起三道美丽的彩虹，点亮了整个天空，和大地上的建筑物。一会儿，红光散去，课堂恢复了秩序，我又重新走上了讲台。我说，老高刚才不过简单的几句话，怎么引起这么大的响动，现在我们开课。

为《陕西日报》约稿而作

2020年4月17日

站在戏台子底下看秦腔

秦腔不是唱而是吼。"吼破嗓子挣破肺"，是陕西老百姓对秦腔艺术特征的总结。因了秦王朝的缘故，秦地古来被称为虎狼之邦。虎如何啸？狼如何嗥？你看秦腔就知道了。

现在的这种软绵绵的秦腔不是我小时候在关中农村听到的那种秦腔。农村二不愣小伙子夜间赶路，抑扬顿挫，慷慨以歌，声音传出几里路远，那才叫秦腔。记得在二十年前，我还看过宜君县剧团唱的一出《下河东》。气冲牛斗的英雄赵匡胤，手执一根降龙杖，胸中块垒借呐喊豪歌而出。那杖打天下英雄、气吞万里如虎的景象非秦腔艺术而不能传达得出。

秦腔是古老的。它大约是现存国内的所有剧目的鼻祖徽剧据说是从秦腔那里得到借鉴，而得以形成的。徽班二百年前进京，于是便有了京剧。说起秦腔的古老，我甚至还想再往前说一说。唐时长安城中，关西大汉击节而起，慷慨悲歌，声震寰宇，他唱的会不会是秦腔呢？孔夫子一生以"克己复礼"为己任，他贪的"礼"是周制周仪周礼周乐，那周乐，会不会是秦腔呢？

秦腔会灭亡吗？这是一个话题。这几年，我先后参加过三次省上组织的"5·23采风慰问活动"。我觉得采风慰问团中最受群众欢迎的节目，就是秦腔。农家小学校的操场上，搭一个露天舞台，秦腔演员站在上面一吼，于是四邻八乡的老乡们扶老携幼，趋之若鹜，将个舞台围得水泄不通。台上面大声地唱，台下面小声地应和。这一天成为农村人的一个节日。

去年因为一个电视专题片的事，我还在陕、甘、宁、青、新五省区转了几个大圈子。处处逢人唱秦腔是我的感受。宁夏回族自治区成立四十周年，几乎将西安城内的所有秦腔名角邀去大唱，据说极为壮观。

几天前我与一位朋友吃饭。朋友说，他的弟弟是留美博士，后来又加入美国籍，被一家美国公司派驻我国广州当商务代表。他说日怪了，这个喝洋墨水长大的彻里彻外被洋化了的西安人，这几年突然迷恋上了秦腔。他差不多每隔一个月，都要坐飞机回西安一趟，听一回秦腔，吃一回羊肉泡馍。我说那给他买几盘录音带算了，省得来回跑。朋友说录音带有，但是他弟弟说，听录音带没有氛围，也就没有感觉。

秦腔这种古老和原始的发泄方式和表达形式，已经如此深入地渗透到西北人的灵魂中去，因此它不会灭亡。这是我想说的前一段话。

但是我想说的后一段话也许更重要一些，那就是：那秦腔不是这秦腔，如今我们这软绵绵的秦腔，少了那种原始的粗糙，少了那种赤裸裸的感情宣泄，少了那种"大江东去"式的豪唱，已经被世俗化和媚俗化，已经被现代气氛荼毒得面目全非了。

秦腔的长处正在于它的粗糙和犀利，这一点任何剧目都无法和它相比。较接近于它的是京剧和京韵大鼓，但京剧的有些唱腔高亢虽高亢矣，却失之于浮夸和华丽；京韵大鼓虽敦厚一点，但过于沉稳，就像油烧红了里面忘记撒一把盐一样。而秦腔正是往烧红的油锅里撒一把盐。艺术的登峰造极正是如此产生的。

但是我不明白倡导者们为什么喜欢秦腔中那些委婉靡丽的东西。那正是秦腔的短处，是作为对慷慨悲凉的补充而存在的。那委婉你比不过黄梅戏，那靡丽你比不过粤剧。

最古老的也许是最现代的。有两个聪明人，一个叫张艺谋，一个叫赵季平，他们从秦腔的古老气息中仅仅攫取一鳞半爪，放入电影《红高粱》的主题歌中，于是《妹妹你大胆地往前走》便不胫而走，唤起天南地北的现代人热烈的回应。

以上是我在采风途中，在华阴县台头村看采风团演出时的想法。这想法已经有些年头了，只是站在戏台子底下时，思考得到了成熟。

梨园中的安禄山

我的家乡在临潼。中国历史在我的家门口留下许多细节。例如，一位倾国倾城的漂亮女人，站在骊山顶上，一边神经质地撕着丝绸——这声音真好听，一边叫人点燃烽火台上的狼烟，玩着"狼来了"的孩童游戏。这人叫褒姒。这事发生在周朝。

又例如，皇上嫌长安城里的这些儒生们口臭，老是说些不中听的话，于是说，我要领你们到骊山去游玩。到了骊山，来到一条沟里，皇上问，你们知道这叫什么沟吗？儒生们说不知道。皇上说，可惜你们已经知道得太迟了。你们现在知道了，这叫坑儒谷。一句话说完，四面黄土下来，将这三百儒生活埋了。这事发生在秦朝。

中国历史上两个著名的农民，一个叫刘邦，一个叫项羽，在骊山下面一个叫新丰镇的地方相遇了。做东的是项羽，做客的是刘邦，这个宴叫鸿门宴，鸿门宴下面这个沟叫鸿沟。如果那次项羽杀了刘邦，中国往后的历史将是另外一个样子了。不过那次没有杀刘邦，所以后来在另外一个机会中，刘邦杀了项羽。这事发生在秦末汉初。

唐朝年间这里的故事就更多。唐朝的皇帝爱到这里来，有两个原因：一个是，秦琼临潼山救李渊，从而才有了后来的李唐王朝，因此这里是唐王朝的一块福地。原因之二是，骊山脚下涌出了一股矿泉水，华清水滑洗凝脂，因此这里建一个叫华清池的皇家行宫。

"洗凝脂"这句话是专给杨贵妃说的。杨贵妃这个大美人据说腋下有狐臭，需要时常在水里泡一泡。

却说这一日，杨贵妃正在水中泡着，听到华清池下面的梨园里，羯鼓猛烈地击打着，人声喧喧。"好事不能少了我！"杨贵妃说。说罢，匆匆穿上衣服，胳肢窝里抹了些麝香，赶去凑热闹。来到梨园一看，只见一棵大梨树下，人们围成一圈，那圈中，一个相貌粗俗、留着胡须的胖大汉子，正在跳一种奇怪的西域舞蹈。

这舞叫"胡旋舞"。我在《胡马北风大漠传》一书中说，这种舞蹈以舞者旋风一样的旋转而驰名。在那令人眼花缭乱的旋转中，据说舞者的心随着伴奏的弦音走，舞者的手指则随着鼓点的节奏走。而当弦鼓合奏为一声时，舞者则双袖并举，全身像风摆杨柳一样摆动，像雪絮飘落一样婀娜多姿。

杨贵妃在一旁看呆了。她是个见多识广的人，尤其是这方面。那胖大汉子所跳的这舞蹈叫"胡旋舞"，她也知道。因为，此时这"西域第一舞"正流行于唐宫殿上下。杨贵妃惊愕的原因是，这舞蹈，通常都是由腰身细细、指甲尖尖、足尖轻轻的西域女子或宫廷伎女来跳的，如果不是亲眼看见，她无法想象一个胖大汉子，能将这胡旋舞跳得这么好！

"他是谁？这个胡人！"杨贵妃问。

唐明皇正忙着击打羯鼓，此刻正沉湎其间。他可是个击鼓高手。旁边拨动丝竹的是高力士。高力士忙中偷闲，说："回娘娘的话，他就是大唐的封疆大吏安禄山将军，从塞外回长安来述职。据称是胡旋第一高手！"

说话间，安禄山一个三百六十度胡旋，身子像风车一样转到了杨贵妃的跟前，然后半跪下来，邀美人与他对舞。杨贵妃见安禄山已经执住了她的手，又见兴高采烈的唐明皇在一旁喝彩，于是身子一跃，也跳下了舞池。

安禄山的体重有多重呢？史书上说，有三百六十斤。我不知道这史书上说的确不确。以我的经验看，我的体重是一百六十斤，尚且走起路来步履沉重，气喘咻咻。安禄山要重我二百斤，我真不知道如此体重的人是如何那么步伐灵活地飞旋的。

在飞旋中，杨贵妃称安禄山为"胡儿"，安禄山则就势称杨贵妃为"干娘"。辈分从此确定。后来，安禄山又称唐明皇为"干爹"，唐明皇亦慨然应允。从此安禄山留在长安城数年，专陪唐王朝的这一对风流宝贝取乐。

安禄山就这样从华清池的梨园开始，从胡旋舞开始，进入唐王朝的核心，从而为日后的"安史之乱"留下伏笔。

华清池的梨园，开始仅是一个梨园而已，后来从唐明皇开始，成了"戏园子"的别名，唱戏的被称作梨园子弟，唐明皇则被尊为优伶之祖。

辑三　化大千世界为掌中之物

拾　残

家里有一块砖头。砖头呈青灰色，比普通的砖大一些。砖上有四个指头印，大拇指是张开的，依次是二拇指、中指和无名指。这块砖头我是在唐崇陵捡到的，平日搁在书架的顶上，若有朋友来访，有了兴趣我就取下这块砖头，请朋友们将手往上面按。奇得很，不管是女性的纤纤小手，还是男性的熊掌一样的大手，按在上面，都严模扎楔，十分合适。

当初这块砖尚是潮湿的土坯时，第一个按这手印的，是建唐崇陵的一个工匠。他是谁，我们已经无从知道，他按这手印，当时大约是一种标记、一种商标，表明这块砖出自他手，督造者需要他这样的手印，以保证质量承担责任。

如是说来，这样的砖当是批量生产的，它还应当很多。但是不多，岁月已经将许多毁灭了。文管所的张主任说，这种手印砖很珍贵，日本的客人、东南亚的客人，如果你送他一块手印砖，他会把它当无价之宝的。我很幸运，在那个秋阳炎炎的中午，当我驱车咸阳塬，路经崇陵时，土包的断层上，这块手印砖显露了出来。它是越过一千余年的时间历程，在等迟到的我吗？我不知道！我得到它，这就够了，并且将它置于我的书架之上，与那些古装的书和现代的书为伍。

这工匠如果有子孙，如果这香火能够绵延至今，那大约会是一族人，说不定我还会和他们中的一位相识。说不定还会有一个巧合，那第一个按手印的，正是我那遥远的祖先。不过这巧合的系数实在太小，大约只占十亿分之一。凭这个手印，此刻我仍能想见，这位无名无姓、无香无臭的劳动者，当年在这关中平原的炎炎骄阳之下，挥汗如雨地劳作的情景。

砖头上只印上了四个指头，另一个指头在砖头之外。那丢失的指头已经成为虚空，虚空得让人有一种眩晕的感觉。但是这四个还在，而仅有这四个，便可以给我们一块垫脚石，供我们从这上面起飞而进入想象。四个指头蛋儿，那个是簸箕，那个是斗，还依稀可辨，掌上的那些纹路，也都还有些蛛丝马迹可寻，最清晰的当然是那些指头关节的位置了，它是那么深深的一节一节，像竹笋的节一样，印进砖里，从而显示出这个劳动者久经磨砺的手指。当初，这只手肯定是实实地按了下去的，因为挤压，这个掌印上，手心部分，拥起了厚厚的几处硬棱。

密密的玉米地里，有一个高数十丈，占地十余亩的大土包，人们说这是阿房宫遗址。当年杜牧笔下"覆压三百余里，隔离天日"的这座秦王宫，因了西楚霸王的一把火，因了后来一代一代农人犁铧的耕作，如今仅剩下这么一个惊叹号，存在于天地之间了。

我去踏访时正是仲秋。土包上生满了酸枣刺，几个穿红衣服的阿房村的少女，正在摘酸枣。一个从东土来的日本游客，拿着个照相机，正在国务院立的那个标志碑前拍照。秋风飕飕，眼空无物，那情景给人以不尽凄凉之感。仿效这几个少女，我也摘了一把红酸枣，装进袋里，想留给我上学的儿子吃。

现在那红酸枣已经干枯，它还在我的袋里。由于季节性地更换衣服，我忘了把它给儿子了。它现在就在我的掌心，仍然很红，只是少了些水分，显得有一丝岁月的凝重，有点像干涸的血。

这酸枣曾经是两千年前的酸枣吗？那阿房村的少女曾经是两千年前的少女吗？它和她们当然不是，现在是20世纪。但是它和她们该是自遥远而来又向遥远而去的一个延续——阿房宫的延续。岁月这个魔术师，每天都在和我们玩着恶作剧，它嘲笑和拒绝永恒。

唐代的感业寺——武才人出家的感业寺——被电视剧导演玩来玩去的那个感业寺，在一条公路的旁边。它如今是一所学校了，名字就叫感业寺小学。它的前面是几排新盖的校舍，它的靠近后墙的地方是一座陈旧的古庙。在古庙旁边，立一块石碑，石碑上勒着后人题的"武才人感业寺"字样。当我们驱车来到这石碑前时，一位感业寺小学的学生，头上扎两根羊角小辫的女孩，正在石碑遮蔽处拉屎。听到汽车响，这位伟大的女孩，屁股也没来得及揩，就提上裤子，跑回教室里去了。继而，"当当当"的上课铃声响起来。我在这座石碑前拍下了一张照片，连同那堆屎。

韩信当年断头处，后来成为一片红色的荒滩，逾两千年了寸草不生。几年前农人将这片荒滩刨地为塘，种上了莲菜。我去时正是"接天莲叶无穷碧"之时，风动荷叶交头接耳，摩挲有声，似有车辚辚、马萧萧、千军万马湍湍而来的气势，令两千年后的我们为之心悸。

而在不远处未央宫的断墙残垣上，我用指头抠出一块白色的骨头。他是谁？我不知道。这大约是一节肘骨，白生生的，长约一拃。我将它把玩许久，沉吟许久后，又重新塞入墙缝，将它重新交给尘封的历史。

那演出中国历史上一幕风流大剧的大明宫，就在我家的左近。许多个黄昏，我都信步去踏访它。"白茫茫大地真干净"，这句话好像就是给大明宫说的。往事如烟，而今眼前只有风中摇曳的蒿草，只有因地力被吮吸殆尽而稀稀拉拉长出的几棵玉米，一切都像被一场风刮去了一样，茫然无存。就连那座湖，也已经没有了载舟之水，只剩下一片低洼。低洼处偶见几个隆起的土堆，人说那当年是湖心岛。

我捧起大明宫的一把尘土。陆放翁说：零落成泥碾作尘，只有香如故！如果这话不是骗我，那么，且让我将鼻子凑到跟前，看是否能闻到杨贵妃的艳香。我嗅到了吗？我不知道！不过当我在麟德殿那残留的石础上，静静地冥想，而又是暮色初起的时候，我常常会产生一种幻觉，感觉到那绝代佳人也许会在某一个石柱后面向你回眸一笑，感觉到不知何处玉佩叮当，暗香浮动，这对风流宝贝，突然不经意地出现在你面前。

再回到我捡手印砖的唐崇陵上来。那座陵前当年曾有一块碑，正是这位皇帝的正儿八经的碑位。一些年前，一户农家偷偷地把这碑抬回家，做了牛槽的槽底。这是一块坚硬的花岗岩石碑，正是拜伦悲凉地唱过的"纪念碑倾圮了，花岗岩粉碎了，流传我的英名要靠农夫悲凉的小调"的那种花岗岩。你信不信，牛的舌头真厉害，短短的几十年时间，墓碑上的帝王的名讳已经基本上消失了，当这块石碑被重新找到，并矗立陵前的时候，我看到的，只有满碑的"牛舌头"。

悖　论

　　一个扣子扣错了，接下来所有的扣子都会扣错。这时候你不要忙着纠正。你等一等，也许，一个名曰"不对称美"的时代正在到来。当那个时代到来时，你就成了先驱者。

　　退步好吗？退步好！儒家言之凿凿信誓旦旦地告诉你：退步原比进步高。佛家说，花开好，花落亦好；进步高，退步更高。懂得了人要学会进步，更要学会退步这个道理，这个人就变得百毒不侵，鬼神也奈何其不得了。荣荣辱辱，沉沉浮浮，都难以在他的心中激起些许微澜。他将炼成金刚不坏之身，他将无往而不利。

　　抽烟好吗？抽烟不好！所有的人都认为抽烟不好。万宝路的总裁说，世界上还有三种人在抽烟：一是黑人，一是穷人，一是愚蠢的人。但是，烟还是在一条一条地卖着，这是什么原因呢？有一个著名的烟民叫鲁迅。他一边咳嗽着，抽着劣质卷烟，一边在写他那些吃钢咬铁的文字。你的面前有两条路：戒烟、保养、颐养天年，这样你可以活一百岁；另一条路则是，这样没有节制地抽烟，这样没有节制地写作，你将在五十六岁时毙命。鲁迅笑了笑，他选择了后者。今天，当我捧读《鲁迅全集》时，我仍然能强烈地嗅到，那字里行间充盈着的浓烈的雪茄味。

赌博好吗？赌博不好！但是假如没有赌博这个恶习，世界文学史上一部名曰《卡拉马佐夫兄弟》的经典，永远不会问世。那个写作者叫陀思妥耶夫斯基，是个狂热的赌徒。他泡在赌场上，黑天昏地地赌，眼睛仁红勾勾的，手指因为激动不安而痉挛。赌输了，债台高筑，他只好找书商去预支稿费来还债，这样他永远处在贫困中。书商来催稿，他只得写。好姑娘安娜在噼噼啪啪地打字，陀思妥耶夫斯基像害热病一样在旁边口述，于是，一百万字的《卡拉马佐夫兄弟》就这样诞生了。

咖啡喝多了好吗？不好！巴尔扎克说，我不用咖啡因来刺激神经，我将无法写作。每天夜里，在巴黎的街道上，人们往往会看到一个身材臃胖，裹一件睡袍的老男人，像一只独狼一样在子子而行。这情景成为巴黎的一道夜风景。巡游够了，巴尔扎克回到寝室，泡上一杯浓咖啡，开始写作。他是如此雄壮，如此高产，好像一生写了九十四部小说。他大约是五十四岁时死的。医生为他做了解剖，结论是他死于咖啡因中毒。

蚊子在咬你，你应该做的事情是将蚊子赶走或拍死吗？"抗联"战士告诉你，既不要赶，也不要拍，让蚊子尽情地咬。这里有一个悲惨的故事。当年，日本鬼子将一批"抗联"战士抓起来，捆在东北的原始森林里。一个礼拜之后，人们发现了这些战士，大部分人死了，少部分人还活着。死去的人是被蚊子小咬将血吸干了，那活着的人，是不去拍打蚊子小咬，从而蚊子小咬落了一层，像身上穿了一件厚厚的铠甲。——现在的企业家们，将这个道理升华成一种"蚊子小咬理论"，即，将四周的人喂肥，从而为自己设一层保护膜。

世界上除了我们通常所认为的那些道理以外，其实还有很多被称为"悖论"的歪道理。那一年我受凤凰卫视之约，为星云、净空两位法师的《世纪大讲堂》讲稿插图。插图期间，我就见到了两位大师口中许多的这种悖论。当时我很吃惊。我想：换一种思维，我们会发现许多精神新大陆，我们会因此而变得比过去更强大。

偷 书

1979年4月，我那时刚从部队回来不久，在延安的一家工厂当文书。记得是为落实政策方面的事，我和政工组长一起，去胜利油田外调，然后取道北京，再回延安。

在北京的某一天，我和政工组长去王府井闲转。王府井百货大楼的对面，有一很大的商场，好像叫"花市"。花市商场是一个很大的平房式结构，里面一摊一摊，有很多商店。我那时候正是一个痴迷于文学的青年，见这些店中之店中，有一个书店，就一头扎进去了。政工组长见了，就说"我先回去"。我点了点头。

书店可以进去，并且能胡乱翻书。卖书的是个年轻姑娘，个子不太高，胖胖的，神色严肃地逡巡着每一个阅读者。

我翻到了一本郭小川的《将军三部曲》，立即贪婪地读起来。在此之前，我接触过他的《痛悼敬爱的周总理》——"这是一个/令人难以承受的/严寒而又奇异的冬季……"诗带给我的那种奇异的感觉，时时萦回在胸。我还在文艺创作会上，听一起参加创作会的高红十，朗诵过郭小川的《祝酒歌》。"伏天下雨，雷对雷；朱仙镇交战，锤对锤；今晚上，咱们杯对杯……"中国的方块汉字，在郭小川笔下像着了魔力一样，呛啷作响。令人深深为之赞叹击节。

我决定买下这本书，可是我没钱。我看了看书价：3角4分！今天看来，这简直是一个微乎其微的数字，可是当时我摸了摸口袋，发觉没有。在部队上时，过的是一种军事共产主义的生活，衣食住行都有人管，根本不知道钱的用途，就是时至今口，一百块，一千块，一万块，对我来说，都觉得"差不多"，并不能明确地判断出它们一个比一个多多少。而那次我一路出差，费用也都是由组长管着的。

　　我朝那位女售货员看了看。女售货员也在盯着我看。我在那一刻已经决定要偷这本书。后来，机会终于来了，一位戴眼镜的先生要买书，售货员开始趴在柜台上，用圆珠笔在开票，瞅这个空儿，我将薄薄的《将军三部曲》揣进了自己上衣的兜里。

　　应当庆幸我那一天穿的上衣是呢子的。这是我离开部队后，做的第一件衣服。黑呢子，四条兜，当时还挺新。人们将那种式样的衣服叫"人民装"。

　　当售货员回过头来的时候，我的手里已经没有书了。这引起了她的怀疑。当然，怀疑的原因也许是由于我脸上不太自然。售货员的眼睛盯住我的脸，看了很长时间，似乎还想张口问话，但是终于没有问。我想，是我那件笔挺的呢子上衣帮了我的忙，售货员觉得这个男人不像个偷书的人。

　　我又装模作样翻了几本别的书，脚步一直滑到柜台的缺口处，然后，匆匆地离开了书店，离开了王府井，向我住的旅馆走去。记得，当我离开花市商场的门口时，还看见那个售货员，瞅着我，眉头皱成了一疙瘩，像在思考：这人像个偷书的吗？而我，在那匆匆的一瞥中，也看到书架上赫然写着的"偷一罚十"几个大字。

　　这是我的一次偷书的经历。掐指算来，这事已经整整十八年了。由这本书开始，后来，我几乎买下了郭小川的所有的诗作：

《郭小川诗选》《郭小川诗选续集》《雪与山谷》《两都赋》，等等。我成为郭小川的一个热烈的崇拜者，我几乎能背诵郭小川的所有的诗作，我还和郭小川的儿子郭小林成为朋友。而有一次，当我和一位青年诗人拉话，劝她读一读郭小川时，她竟说不知道有这么个人，这使我既悲哀又愤怒。记得，郭小川逝世十周年时，我还为这位可敬的前辈写了篇《郭小川十年祭》。

至于那本来之不易的《将军三部曲》，它一直在我的书架上待着，陪伴了我十五年。我经常阅读它，比读任何买来的书、借来的书都更认真。这本书我后来送给了一位朋友。朋友也是一位郭小川的毫无保留的崇拜者。他能大段大段地背诵出《雪与山谷》中诸如"亲爱的人啊，你既然爱我，但是爱并不一定就等于占有"，诸如"世界上有些秘密本来就不该说穿"之类的句子。有一次，当我们在一起大谈拜伦，大谈普希金，大谈郭小川之后，我讲起了我的一次偷书的经历，尔后我将《将军三部曲》从书架上取下来，送给他。朋友叫王骑虎。

郭小川已经作古，将军亦已经作古，我偷来的那本书，也已经像踢皮球一样，踢到了别人的脚下。但是我的心里还时常不安。我是一个坦坦荡荡的人，事无不可对人言，心中藏不下半点污垢。而今每每夜半想来，总觉得年轻时候的这件事，不那么美气。出于这种心理，这几年，每一次去北京的时候，我都要到那个叫花市商场的地方去转一转，希望能找到那个书店，那个女孩，让她听到我的解释。但是，也不知道是这地方改造搬迁了，还是我找的地方不对，总之，几次都没有能找到。

我家的客厅

　　我家的客厅有三十平米大小。十年前装修的时候，我让装修工人，将饭厅的门、阳台的推拉门，统统去掉，这样它们与客厅连为一体，客厅就更大一些，透亮一些了。我还在选沙发、茶几、桌椅、板凳时，统统要小一号的，矮上几寸，这样房间显得大一些，当然是错觉所致。母亲说，咱家的客厅像一个打麦场。

　　正北面是电视墙。墙的顶端，造了一个楞坎，上面请了个黄杨木做的菩萨。这木雕是三原一位民间收藏者送我的。佛龛下面，有个香炉，我写东西写得太累了，便去香炉里上一炷香。有一年，一位朋友从印度当年唐僧修行的那座寺院里，带了一把香回来。那香点着以后，奇香无比，整座楼都惊动了。大家报告给保安，保安敲门来查。从此这香我轻易不敢点了。有时只点一根，就对了。

　　电视下面那个平台，除了放电视以外，还堆放了许多的东西。这每一样东西都是有来历的。比如那一组《中国民间记忆》，就是李小超先生送我的。中国当代雕塑界第一人大约是刘开渠，我在广州市文联的三楼走廊里见过他的代表作《荔枝女》，我想说李小超的作品和刘先生的作品相比，只在其上，不在其下。小超对我说，恍惚中，他听见村子里的某一个人，在泥里朝自己叫，于是他不顾一切地扑上去，将那人从泥中捞出。

电视墙的两边，右边立着一把古琴，这是西安工艺美术家魏庚虎先生送给我的。我不会弹琴，摆着它，冒充斯文而已。左边一字排开下来四幅陕北剪纸，抟成团状，像四个红坨坨。顶上一幅，是羊，这是我老婆的生肖；第二幅，是狗，这是我儿子的生肖；第三幅，是鸡，这是我母亲的生肖；第四幅，是蛇，这是我的生肖。当年三口之家，我是家里的三把手，如今母亲来了，我降成四把手。

西边的墙，是一个大画案。这画案平日里是竖立在墙边的，合页固定着。用时，将画案抬起，将底下的腿子抽出，于是一面木墙，就变成一个大画案了。

西墙的旁边是当初的饭厅，如今的写作间。十年间，我在这里完成了十本书。著名的《胡马北风大漠传》，就是在这块八平米的房间写成的。

东面那面墙，当年装修了一个收藏柜，不过那里的收藏并不多。别人送我青铜礼器，我不敢要，别人送我仿制品，我又不想要。因此那里摆的，主要是一些带着我个人记忆的纪念品。

有一块木板，是从中苏边界一座废弃的碉堡上取下的。当年"白房子"时期，我是一个火箭筒射手，当苏军的坦克群呈一个扇形向"白房子"推进时，我给我的碉堡里放了十八颗火箭弹。按照教科书上的说法，当一个射手发射到第十八颗的时候，心脏就会因为承受不了这剧烈震动而破裂，但是，我还是毫不犹豫地为自己准备了十八颗。2000年10月1日，我回到"白房子"，坐在这已废弃的碉堡前，眼泪哗哗地流下来。我从这碉堡上取下了一块木板，打入行囊，带回家中。

这收藏墙，还有许多的东西，比如那个木楔子、那面小三角红旗，就是我1998年走入罗布泊时的纪念。那木楔子和三角旗，是罗布泊钾盐矿第一井的标识，我当时是看着青海格尔木物探大队打这口井的。如有一天我重访罗布泊，将把这两个物什带回去，送到那里的纪念馆。在此之前，我给罗布泊钾盐公司电话里已经说过。

还有那个羚羊腿做的马鞭子，它挂在收藏墙的墙上，十分醒目。这是2004年，我在乌鲁木齐二道桥的小摊上得到的。我问摆摊的小孩，墙上挂的那鞭子是干什么用的。小孩说，当年有马骑时，用它打马，如今马没有了，挂在床头，老婆不听话，打老婆。这句话逗得我大笑。笑罢，我问多少钱一根。巴郎子说一百块钱一根。我说一百块钱两根行不行。巴郎子见说，一把拉住我的手，另一只手往我的手上一拍，高叫一声"成交"。兰州军区作家李竟付了钱，这样我俩各得到了一根马鞭子。

南边那面墙，居住十年了，一直是空着的，就像我的一生，还有一段空白需要完成一样。我知道那里将要有一些重要的东西展示，但到底是什么，我也不知道。

2008年的冬天，我住了十八天院，病中我强支病体，画了一批小画。后来出院后，又画了一些。这样从画中挑出了个十二条屏，让人去裱。裱好后，将来就挂在这面墙上。洋洋大观，占满整个墙壁。

那画面上有古典美女和现代美女，有古文化人，有杖行天下的和尚等，蜂蜂拥拥，挤满墙壁。那抚琴的美女，沉吟着"夜阑珊琴为谁鸣"的句子；那现代美女的旁边，我则题上一行小款："在西安这个北方大都市的冬天，装点这座城市的最美丽的一道风景，是街头匆匆而过的我们的女人们。"那古文化人，抱一捆竹简，倚树而立，旁边题上"一生挣得五车书"字样。而那苦行僧，一手举个化缘的钵，一手拄了拐杖，脚蹬麻鞋，边走边念叨着"父母给了我们两只脚，为的就是用它来独步天下！"

所有这些客厅里的一应物什，靠客厅地板上的一块复合木地板托起。我常说我的客厅像个大肚汉一样，将这么多东西又容在自己肚子里，一切又那么井井有序。

说不尽的高原名城延安

　　我这人今年五十五岁，而在延安生活了三十几年。路遥在世时，常说，延安街头的狗，都认识高建群。他这话不假。那一年写完《人生》，他背着稿子到报社找我。我陪他到宾馆，二里多的路程，从中午饭走到下午饭。没有办法，三步五步，你就得停下来打一声招呼，因为满街都是熟人。

　　延安这座城市，对中国，对世界来说都是大大的有名。那原因是毛泽东在延安窑洞里待过十三年。陕北民歌中说"盘龙卧虎高山顶"，这说的就是毛泽东。

　　如今的延安人，把延安的文化，叫作"三黄二圣"。所谓的"三黄"，一是说黄帝陵在延安境内的黄陵县；一是说黄河壶口瀑布，在境内的宜川县；一是说陕北民歌、陕北剪纸、安塞腰鼓、子长唢呐等等所构成的黄土地文化景观。所谓的"二圣"，一是说这里是中华民族发祥地之一，一是说这里是民主革命圣地。

　　世人大约都觉得，对这座位于鄂尔多斯台地之上，黄土高原腹心地带的延安，已经知道得较多了（较之其他城市而言）；而我这里想说的是，你们所知道的只是泛泛而已，延安这地方，水还深得很哩。

　　举两个小例子。

如今"石油"这个字眼，大行于天下。"石油"这两个字，就是一个叫沈括的人，看见延河上飘着黑乎乎、油腻腻的东西，这从石缝流出来的东西且能燃烧，于是叫它"石油"，接着又说了一句话，叫作"此物日后必将大行于世"。

沈括是北宋的名臣，既是文官，又是武将，好像还是个科学家。他当时在延安，任最高军事行政长官，官衔叫"知延州兼鄜延路经略安抚使"。而他说过这话的那块地面，清朝的慈禧太后让人往下挖，于是挖出了中国大陆第一口油井。当时德国政府送给慈禧两台发电机。面对这稀罕之物，慈禧说，一台宫殿用，另一台送到延州，抽油用。

另一个小例子是范仲淹的例子。这人主要的从政经历，也是在延州，打过几次败仗，也打过几次胜仗。他主要对付的是西夏王李元昊，延州有"军中有一范，敌寇闻之应胆寒"的口号歌。

大家如果想听点新鲜的，那么我想说的是，如今的延安，和大家的旧印象已经相去甚远，如今，这里成为陕西最富庶的地方。这当然由于石油和天然气的原因。榆林、延安两市境内，分布着世界级的大油田、大气田、大煤田、大盐田。人们称这里是"中国的科威特"。如今，北京人要吃饭，拧开水龙头，是陕南汉江"南水北调"送去的水；打开天然气开关，燃烧的是陕北靖边的天然气。

末了，我想把延安的山形水势，稍做介绍。"三山对峙，二水交流。"这是范仲淹镇守延安时，说过的话。这三山，凤凰山、清凉山、宝塔山，三座山呈三角形坐定。那二水，一是延河，一是南川河，在这里交汇，尔后，一路向东，百公里外直入黄河。

而从文明板块上划分，延安则处于农耕线与游牧线的交汇地带。北京、大同、太原、延安、天水、平凉、固原、银川，这些城市构成了中华文明游牧线与农耕线的千百年来的地理坐标，延安即坐标之一。

路遥写两部大作的一些情况

大约是1982年的六七月间吧，路遥回延安。他这次有一个事情，就是见他的四弟王天乐。由于路遥自小过继给延川，所以与长在清涧的四弟从未见过面。父亲说了，你哥在西安成事了，你去找他。这样王天乐便给路遥写了封信。路遥回信说，让弟弟下延安等他。

路遥在延安找王天乐，找不着。原来王天乐下来后，在延安东关大桥的劳力市场当民工。路遥问我，我说见过一次，后来不知到哪里去了。后来访问了很多人，结果在陈泽顺那里探到一些消息。泽顺说，西沟有一户人家圈窑，雇天乐给背石头。这样，路遥在西沟半山上，找到穿个红背心，正在背石头的天乐。"我亲爱的弟弟！"抱着王天乐，看着这三面将要圈起的石窑，兄弟俩抱头大哭。

后来在延安饭店五楼，开了个房间，路遥听天乐讲他的故事。天乐那时候还不叫天乐，叫猴蛮，天乐这名字，就是路遥给起的。兄弟俩关在房里，路遥听这个陌生的弟弟讲他的苦难和屈辱。讲者苦，听者也苦，讲了三天三夜。讲完后路遥说："我要把你的故事写出来。"

路遥背了个大包，一个肩膀高，一个肩膀低，到甘泉去写。甘泉文化馆有个作家姓张，招呼他。两个月后，他背着个大包，包里装着厚厚的一沓《人生》手稿，又回到延安。圆脸整个瘦了一圈，人精神恍惚。他对我说："中国文坛有一件大事要发生了！"

那天晚上，月光照得延安城如同白昼。路遥、王天乐和我，顺着街道从北关走到南桥，又从南桥走到北关。整整走了一夜。路遥谈到他的初恋，谈到《人生》中的主人公叫高加林，为什么叫高加林呢？当年，一个孩子曾经热泪涟涟地望着夜空，因为当晚有个叫加加林少校的人正飞向太空，所以这孩子如今把他的作品主人公叫"高加林"。

路遥还说，《人生》中用了我的诗，"我是一只生着翅膀的大雁，自由地去爱每一点蓝天……"你不会告吧？我笑着说不会。路遥说如果你要告我，我就说这是黄亚萍抄了高建群的诗，送给高加林的，与我路遥无关。

上面是我知道的路遥写《人生》的一些情况。下面说说写《平凡的世界》的一些情况。

大约是1985年清明节，路遥给我打电话，要去实际踏勘一家煤矿，为长篇动笔做准备。这样我陪他到黄陵店头煤矿。天冷极了，煤矿老板叫陶家山，找了件棉衣让路遥穿上，在店头待两天，然后回黄陵县城。

在黄陵轩辕宾馆，路遥说在长篇动笔前，需要找个朋友，作听众，帮他把人物和故事圆满一遍。他说这是长篇小说创作的一个诀窍。这样，我便与他在轩辕宾馆关起门来，谈了三天。

记得最初的时候，这部洋洋百万言的长篇还不叫《平凡的世界》。路遥说，共分三部分，第一部叫《黄土》，第二部叫《黑金》，第三部叫《大世界》，然后总的名字叫《走向大世界》。他后来是如何将这部名著改成《平凡的世界》这样既大气又朴实的名字的，我就不知道了。

《平凡的世界》出版时，扉页上那张路遥夹着个大笔记本，戴着个黑框眼镜的照片，就是那次在黄陵轩辕手植柏前照的。拍照片的是黄陵诗人，在县城开照相馆的任宗耀。

大约是1986年8月，路遥在吴起县武装部写《平凡的世界》时，我去看他，疲惫、恍惚、孤独，像一个被世界放逐的人一样。他对我说，他的同学在县武装部工作，给他腾了一个窑洞。他说他想洗澡，这地方洗不成澡，半个月没洗澡了。

后来（大约是1987年），路遥在延安宾馆写作《平凡的世界》时，我去看他。他把自己关在房间里，一脸病容。他愁苦地望着我说："能有人替代我多好呀！"接着叹息一声说，"瞌睡还得眼里过。"然后，又对着桌子上几尺高的写好的稿子，说，"也许会是一堆废纸吧！"

记得他给宾馆的墙上画了许多道道。他说，每天写五千字，然后画一个道道。说完，他摇摇晃晃地站起来，一个一个道道地数，看写到多少万字了。

在路遥十五年忌日的时候，谨以以上的文字，作为对一位兄长的悼念，作为对新时期中国文坛一位重量级人物的悼念。他对文学的献身精神，他对自己卑贱的命运的抗争和挣扎，他所塑造的诸多文学形象，已经超越文学的范畴，从而给今天以及以后的陕北儿女以精神的感召。

文化界的"钱学森之问"

钱老学森去世前，对中国目前现行的教育体制、科研体制、人才激励体制，深深一问。这就是目前引起国人震动的"钱学森之问"。人之将死，其言也善。"钱学森之问"让我们对老人的深深的怀疑精神、自我批判意识，以及为民族的担当和负责精神，脱帽以礼。

其实，中国的文化界、文艺界、文学界似乎更应该有一个自己的"钱学森之问"。

几年前，我和一个美国访问学者西安对话。她说，中国也许可以成为一个经济巨人，但是，中国永远不会成为世界的领导者，因为这个巨人只是一个跛脚的巨人。它缺少文化支撑和文化输出，缺乏文化的力量。

我请这位女访问学者再详细地阐述。她于是举例说，中华文化对西方的影响几乎等于零，对欧美价值观的影响几乎等于零。中国没有一本书，或者一部长篇小说能够进入欧美普通家庭的书架上，成为他们的必读物。

对此，我能说什么好呢？我只能无可奈何地承认她说的是事实。因为十多年前，我曾经与西班牙作协主席对话。当我激情地向西班牙文学致意，大谈堂吉诃德时，作为对等原则，他们接下来应该谈一下中国文学了。我睁大眼睛等着。他们交头接耳了半天，最后，七位来访作家说，他们对中国文学的全部了解，只有五个字，那就是"床前明月光"。

女学者的这些话叫我惊讶和震撼，而嗣后这"钱学森之问"又叫我在惊讶和震撼之余，产生深深的反省和深深的忧虑。

记得，十年前的那一次文代会上，领导人在讲话时，就真诚地呼吁说，希望我们的作家艺术家，为即将到来的这个伟大民族复兴事业提供智力支持，希望我们有自己时代的经典出现，为世界文化宝库增加一砖一瓦，为中华文明宝库增加一砖一瓦。

那么，文化界、文艺界、文学界做到了？回答是遗憾的：没有做到。

我们看到的这个世界是浮躁的。我们看到的浮在水面上的那些艺术品几乎都是速朽的。我们看到伪大师活得最好。我们看到艺术不断地被权贵绑架，被金钱绑架，被炒作绑架，被各种名目繁多的评奖绑架。真正的艺术离我们越来越远了。历朝历代的先贤们正站在高处，嘲笑这个看不懂的世界。

当年的鲁迅先生，有感于国民的麻木，放下手中的外科手术刀，换成一个名曰"金不换"的毛笔，拯救国民性，救救孩子。如今，国民性得到拯救了吗？没有，较之先生的年代，更见道德沦丧，人心不古。先生有知，大约会后悔自己的跳槽的，倒不如继续握着手术刀，真真实实地救几个人。

我们没有大师，我们没有重要作品，我们没有能构建出恢宏大厦托尔斯泰式的鸿篇巨制，没有能像萨特、加缪一样在人类的精神高处飞翔，我们只是一些华丽的小屋。然后我们自己躲在这些华丽的小屋里自得其乐，孤芳自赏，夜郎自大。

绘画界更是如此，它大约是被绑架得更彻底的一个门类。

真正的艺术不是这样子的。好像南美洲有一个作家，他在自家院子里挖了一口井，然后在井里写作，在井里思考世界和宇宙问题。吃饭、大小便，都是妻子用一个篮子将这些吃食和排泄物吊上吊下。这位可敬的作家据说在井里待了许多年。

文化经历这些年的冲击和伤害，已经欠缺得太多了，要想在这个基点上起步，在这个基点上发展，甚至比在原本是一张白纸的情况下的发展，还要更难一些。

但是我们还是要努力，知其不可为而为之。世界总得发展嘛！

现在适当其时，高层提出"文化强国"这个概念，我很赞成和拥护。

"钱学森之问"中提到中国没有科学领域的诺贝尔奖，而一蟹不如一蟹。较之那些老科学家来说，中青一代的科学家更弱一些（就竞争力而言，创造力而言，影响力而言）。而我想说，文学界的情况大约也是这样。十五年前，我写过一篇名叫《诺贝尔文学奖距离我们还有多远》的文章。我说，当我们抱怨那个奖忽视和怠慢东方这个伟大国度和庞大文学群体时，我们先要问自己，我们有没有描写伟大时代的鸿篇巨制出现，我们有没有能深刻地拷问和鞭挞人类灵魂的哲思之作出现，我们有没有能照亮人类前行的火炬手般的创作者出现。

没有的！哦，没有的。这浑浑噩噩的一群，这自我感觉良好的一群，这蒙受你恩惠最深，爱你却爱得最浅的一群，这寄生在体制肌体上的精神贵族们！在这里我想说，我们的文学甚至较之东邻日本、西邻印度，还有许多的差距。

这就是我尝试说出的"文化界的钱学森之问"。

俄罗斯，你站在远处看我

　　2007年10月1日的下午，从圣彼得堡市政厅出来，我来到涅瓦河边。在一个台阶上，有几个下岗职工模样的俄罗斯人，正坐在台阶上喝酒。他们喝的是廉价的伏特加。我掏出一包烟，散给他们。他们举起拇指，说是好烟，然后把酒瓶递了过来。于是我和他们一起喝酒，直喝到最后大家都喝高了。于是，放浪形骸、胡说八道（我带有导游）。

　　黄昏降临了，那是涅瓦河畔果戈理式的黄昏，陀思妥耶夫斯基式的白夜，辽阔的天空，刚才的凄清突然变得绚烂，圣彼得堡高大的教堂建筑，蒙上一层玫瑰色，涅瓦河的波浪，斑斑点点，有的地方是阴暗的，有的地方像镜子一样的明亮。这时候停泊在河中心的那条船，突然响起了几声礼炮。只见船上的水兵，站成一排，正在举行降旗仪式。旗帜降下来了，两个士兵将它叠好，然后士兵列队，回到舱里去了。那船只就是著名的"阿芙乐尔号"巡洋舰，发出"十月革命"第一声炮响的舰只。

　　那一刻，我的眼泪不知道为什么流了下来。我说，俄罗斯兄弟，我有一首歌，是听过的世界上最凄凉的歌，我不知道歌名，只会哼几句旋律。说罢，就哼了起来："在乌克兰辽阔的原野上，在那清清的小河旁，有两棵美丽的白杨，那是我亲爱的故乡……"举着伏特加的俄罗斯朋友说，那是祖父母时代唱的歌，是一个电影的插曲，叫《第聂伯河》。

允许我再说一说为我开车的司机师傅的一些事情。

他是伟大的列宁格勒保卫战的幸存者之一，他那时候六岁。他后来长大后当兵，工作是在柏林墙站岗，直到后来柏林墙拆掉，方脱下军服退休。这是一个身体结实，身高约有一米六五的汉子，大约有鞑靼人血统。问起他现在的生活，他说，住在一个大约有四十五平米的公家分配的房子里，退休金大约有一千五百元人民币（我折算的），那辆面包车是他自己的，平日应旅行社之邀拉些客人。除了家用，他还每月拿出一点余钱，补贴早已出嫁的女儿。记得临别的时候，在一家琥珀商店里，我在为妻子买琥珀戒指的同时，也为这位司机朋友买了一只（因为他在旁边站着，脸上有一种落寞的表情）。我没有想到，我的这小小的礼物叫这位大哥很感动，他的眼睛潮湿。他说，记得五十年前结婚时，他为太太送过一个戒指，这次是第二次。

关于俄罗斯，我有太多的话题，那也许是该有一本书才能容纳的内容，上面两个片段，只是我那一年俄罗斯旅行的记忆片段。

当年，我还年轻的时候，曾经有五年的时间，作为中国边防军士兵的我，抱着一支枪，站在瞭望台上，与界河对岸的苏联士兵四目相对。我的望远镜里是普希金笔下的险峭的高加索群山，是列宾笔下的西伯利亚原野上的乡间小路，是艾特玛托夫笔下的苦艾草原，是阿斯塔夫耶夫笔下的额尔齐斯河暗蓝色的一河春潮。

我还想谈谈俄罗斯的艺术对我人生的影响，对我文学创作的影响。

前面谈到的那首《第聂伯河》，记得是当年在工厂时，一位北京赴陕北插队的知青唱的。他叫罗宏昇，大个子，穿一件烂棉袄，每天操着手，佝偻着腰，嘴里除了吃饭，其余的时间就是哼这"在乌克兰辽阔的……"他后来回北京去了，现在不知道干什么。

还有一首歌《小路》。记得，有一次，我从陕北高原一片玉米地穿过，这时玉米地里传出来这忧伤的旋律。我站在地畔等了很久，终于，一位女北京知青锄着地，脖子上搭一个羊肚子手巾，从地里走出来了。"一条小路曲曲弯弯细又长，一直通向迷蒙的远方，我要沿着这条细长的小路，跟着我的爱人上战场"，这歌从此一直成为我最喜欢的歌曲。

而关于俄罗斯文学，那种"含着眼泪的微笑"，则更是深深地沁入我的骨子里去了。我熟知从普希金以下的那些所有文学大家的作品，许多作品能倒背如流。我在许多场合朗诵过普希金的《致大海》，莱蒙托夫的《当代英雄》中那毕巧林之"多余人的自白"，果戈理《死魂灵》中那"那是你在远处看我吗？俄罗斯……你像一架三驾马车，从大地上碾过……那马的每一根蜷曲的鬃毛里都藏着风暴……"

船开不等岸边人

历史上，中国通往世界的道路有两条：一条是陆路，一条是水路。

这陆上道路，自长安城或洛阳城出发，穿越河西走廊，穿越塔里木盆地，翻过帕米尔高原或天山，进入费尔干纳盆地。从号称世界十字路口的中亚名城撒马尔罕分路三条，主路应当是翻越兴都库什山，进入伊朗高原，进入土耳其，而后进入地中海沿岸；第二条是翻越高加索山脉，顺伏尔加河抵达莫斯科，而后四散而开，抵达波罗的海、北海、地中海、大西洋；第三条是从撒马尔罕顺阿姆河谷抵达阿富汗喀布尔，而后进入尼泊尔，而后顺印度河抵达阿拉伯海，或顺恒河抵达孟加拉湾。

水路呢，最大的商埠港口是泉州，另外还有福州、广州、青岛，内河码头还有扬州、南京、杭州等。当年广游五印，西行求法第一人法显和尚，就是陆去海还，从长安城草堂寺（草堂寺当时还叫"大寺"，鸠摩罗什入住之后，作为皇家寺院，易名草堂寺）出发，走我上面说的第三条陆路，而回程，则自加尔各答登五百商人商船，船行八个月后，至青岛登岸。高僧登岸，商船连续行走，入长江口，在南京大码头卸货。昔年，在那历史的遥遥岁月中，中国人的船只，从太平洋而印度洋，而大西洋，叩问世界，向世界带去中国的消息。

2018 年的秋天，我用了整整 70 天的时间，走完了上面所说的陆路。这次活动是以陕西卫视为主组织的，名叫"丝绸之路万里行"，我是文化大使。我们自西安出发，穿越千山万水，最后抵达英国伦敦。可以说，绕了地球半圈还要多一点，将丝绸之路走了个通透。

丝绸之路是一百多年前一个叫李希霍芬的德国地理学家给命名的，后来得到了大家的普遍认可和广泛使用。这条道路之前的名字叫"西域道"。那位凿空西域的大人物是我们的乡党张骞。汉武帝封张骞为"博望侯"，"博望"的意思大约是说：感谢先生，你的行走叫中国人知道了世界原来如此之大！

欧洲大陆和亚洲大陆是一个完整的大陆，并没有一个明显的地理分界线，最西端在葡萄牙首都里斯本的郊区，那里有一个伸向大西洋的海角，叫罗卡角。罗卡角的山崖上竖立着一座面向大洋的十字架纪念碑，碑上以葡萄牙语写有一句著名的话："陆止于此，海始于斯"。广袤的欧亚大陆到这里就停止了，浩瀚的大西洋从这儿开始。大陆的最东端，当在俄罗斯东北部楚科奇半岛最东端的杰日尼奥夫海角。

那么欧亚大陆的分界线在哪里呢？现代地理学认为，长达2500千米的乌拉尔山脉是欧亚大陆的分界线。历史上乌拉尔山脉曾是一个凹陷的地槽，后来在大约 2.8 亿年前的时候，地槽突然增高起来，形成一座北至北冰洋、南达里海、边缘部分抵达哈萨克草原的庞大山脉。那情形，就好像人的身体此处有一道伤口，在痊愈的时候皮肤长出来，反而结好的伤疤高出了皮肤本身一样。

在"欧亚大穿越，丝路万里行"的艰辛旅程中，我当时还没有获得关于乌拉尔山这个地理知识，因此我一路走来，寻找欧亚大陆的分界线，最后，我来到里海边上，感觉应该是它。

登上从土库曼斯坦巴什前往阿塞拜疆巴库的白轮船，我站在岸边，做了一期视频直播。我自称是一个世界公民，我站成一个路标，然后挥手指向东方，告诉人们东方是亚细亚，然后又挥手指向要去的西方，告诉人们西方是欧罗巴。

站在亚欧大陆之交的那一刻，我突然产生一种想法。在我的几千万字的文学作品中，精选出一些简短文字，编一本英汉对照本的书，献给东方和西方的亲爱读者。

这本书的名字应当叫《来自东方的船》，船舱里装满了东方人对世界的看法。船扬起帆，它从西安出发，驶向世界。在中国人的叙述语境中，"船"这个字，除了指"水上的主要运输工具"之外，在佛教的经典中，它叫"般若之舟"，是智慧之舟。大乘佛教的"乘"，就是运载工具的意思，当然船也属于运载工具。小乘度己，大乘度人，由此岸及彼岸。

我小的时候在老家居住。老家村子在渭河老崖上。这里是个小小的高家渡渡口。那时的艄公是我的表叔，他经常穿一件老粗布对襟棉袄，腰里扎一条丈二长的腰缠，裤脚扎起。表叔常常站在船头上，把篙尖往岸上一戳，篙把往怀里一窝，身子高高地腾空跳起，篙身一压船帮，船身一个倾斜，就开始动了。表叔这时高叫一声："船开不等岸边人！"

《来自东方的船》中英文对照版就要出版了。这艘来自东方的"般若之舟"即将开始它的里程。祝它好运！希望这本书在欧美普通家庭的书架上占有一块位置。我一直确切地知道，在那些书架中，一直留有一块位置，等待一个中国作家的作品。

2020年9月25日于西安

我和西班牙作家玩幽默

西班牙作家代表团一行七人，由中国文联派员陪同，北外一名西班牙研究生充当翻译，来到西安。他们提出要和陕西作家对话，这样我们也就凑了七八个人，赶到客人下榻的皇城宾馆。一张长方形的桌子上，营垒分明，双方分宾主坐定。

一开始气氛就闹得有点紧张。西班牙作家首先介绍了他们的人，计有某主席、某著名作家、某著名剧作家等等。陕西方面也是这么个介绍法，不同的是，在介绍时，增加了一项，比如某某人获过某某奖，某某获过某某奖之类。

大约这奖项说得有点多，而介绍者又面露得意之色的原因吧，那位瘦瘦的，大约七十岁以上高龄的西班牙作协主席有些不高兴了。他有些不礼貌地打断了介绍，说获奖这一项就免了吧。因为在西班牙，光文学奖这一项，就有几千种，每个西班牙公民，只要你有一点小钱，而且有这个嗜好，都可以自己设个奖，玩一把热闹。

这位主席还说，在西班牙，衡量一件作品是否重要，那要看他的书的印数。他还拿自己作例子说，他的书印数高达二百万册，所以他是目前活着的西班牙最重要的作家。

我在一旁，这时有些不高兴。尽管我对介绍者那样絮絮叨叨地介绍获奖，觉得有些小家子气，且对中国文坛的评奖，到底有多大的公正性，也保留看法；但是，现在看到西班牙作家如此轻蔑中国作家，于是打断了该主席的话。

我说，区区二百万册，在中国，是个稍微有实力的作家都可以达到的印数，至于那些重要的作家，他们的印数可能达到千万册以上。比如今天在座的省文联主席李若冰先生，他的《柴达木手记》当年几乎成为一代人的教科书，中国有十亿人，你说这印量该有多大呀！还有过世的柳青的《创业史》、杜鹏程的《保卫延安》，它们的印数都该在千万册以上的。

我这话说得有根有据，把主席先生给呛住了。他面露不悦之色，张了张口，不再说话。

既然这次对话的主旨是中国文学与西班牙文学的交流，那么接下来双方介绍各自国家的文学和对对方国家文学的了解。叫人吃惊的是，西班牙作家对中国文学的了解，几乎等于零。在座的，他们不知道任何一位中国当代作家，而对几千年的中国文学史，他们仅仅知道一个叫李白的诗人，和他的"床前明月光"。

我们则对他们知之甚多。我们中一位年轻作家，甚至能将当代西班牙的几位重要作家，悉数点来。

我那天带了几本书，作为礼物送给客人。那是一本叫《古道天机》的长篇，在小说中，我塑造了一位陕北高原上的骑士式人物张家山的形象。在书的题记中，我写道："这是一个大智慧，一个大幽默，一个额头上印着悲剧印记的人。他令人想起西班牙苍凉高原上那个堂吉诃德的形象。只是较之堂吉诃德的年代，我们的张家山已经没有马可代步了，所以他的深口布鞋上沾满了泥土。"

我以堂吉诃德这个话题开头，接着谈到美国现代文学之父华盛顿·欧文描写西班牙的《阿尔罕伯拉》、法国作家梅里美以西班牙为背景的小说《卡门》，以此作为我对西班牙文学，对那个遥远国度的敬意。

正当我谈到卡门的形象是我最喜欢的文学形象时，席间的那位唯一的西班牙女作家，一位身穿红色夹克，风姿绰约，年龄四十岁上下的女性，突然尖叫起来："我就是卡门！我就是卡门！"说完这话后，她过来热烈地拥抱我。我有些架不住，赶紧坐下来，点上烟。

原来她也叫卡门。在西班牙，大约叫"卡门"的姑娘很多。

翻译介绍说，这个卡门也是一位作家。除了作家的身份外，她还是在座的西班牙作协主席的夫人。听了这话，我瞅了一眼作协主席，看到他的脸色很难看，于是我决心再逗一逗这老头。

作协主席的名牌半袖衫的口袋上，整整齐齐地别了四支笔。我故作仰慕状。我问主席，这些笔是干什么用的。见我问话，作协主席来了兴奋。他拔出第一支笔来说，这是签字笔，为读者签名时用的。接着又抽出第二支笔，说这是航空笔，飞机上用的。接着又抽出第三支笔，说这是铅笔，写小说时打草稿用的。最后抽出第四支笔，说这是誊写稿件时用的。

我决心玩一回幽默。我先卖个关子。我介绍说中国有位相声大师叫侯宝林，侯老先生已经过世。生前，他说过许多相声段子，其中有个段子就是关于胸前别四支钢笔的故事。

侯宝林说，在我们中国，那些胸前别一支钢笔的人，通常是小学生，这一支钢笔表示他已经开始学文化了；那些胸前别两支钢笔的人，通常是中学生，两支钢笔表示他已经相当的有文化了；那些胸前别三支钢笔的则是大学生，是大有文化了。那么，胸前别四支钢笔的人是什么人呢？

见主席先生正在洗耳恭听，脸上一副洋洋自得的样子，于是我稍作停顿，说，在我们中国，胸前别四支钢笔的人，通常是修理钢笔的。请翻译——

当翻译将我的话翻译过去以后，那位作协主席则颓然地坐在那里，脸上的光彩消失了。半天，他说："在我们西班牙，修理钢笔这个职业已经早就没有了。大家都富有，钢笔用坏以后，顺手就扔掉了！"

主席可能平日在西班牙是个职高位显、养尊处优的人物，平日大概很少有人敢和他这样开玩笑。我见主席脸上有些挂不住，有些尴尬，于是赶快解释说，侯老先生这是东方大智慧、东方大幽默，纯粹是逗人一笑，主席先生千万不要介意。

主席见我这么说，脸色和缓起来。不过，他显然是对我心存芥蒂的。记得那次吃完饭，送西班牙作家上车时，主席早早地钻进了车里，甚至和我礼节性的握手都没有。他大约觉得自己的尊严受到了侵犯，尤其是在年轻的卡门面前。

我的话显然起到了作用。他们觉得遇到了对手，刚才那种君临天下的坐姿消失了。那位鼓掌最凶的西班牙作家，还隔着桌子给我递过来一只雪茄。"古巴雪茄！"我说。"古巴雪茄！"他点点头。

下来我说，中国作家对西班牙文学知之甚多，这说明中国作家的谦虚和广纳百川的胸怀，那么，西班牙作家对中国知之甚少，这说明了什么呢？这说明了，欧洲中心论在作祟。欧美文化以强势的姿态出现，视别人的地区的文化为边缘文化；并且在冷战结束以后，悄没声息地在完成着它的文化侵略。

我的话引起了中国作家的共鸣，同时甚至引起了西班牙作家的共鸣。西班牙作家说，处在欧洲边缘的他们，同样地也感受到了这种文化侵略的来势汹汹，他们其实也一直为保卫自己的民族文化传统而努力着。他们还举影视为例，说国家对美国好莱坞影片的进口，采取限制制度，以发展本国的影视业。

至于文学，西班牙是怎样扶持的呢？主席说，西班牙大约有两万个图书馆，如果有好书，重要的书，但是销量不行，那么，将由国家出资，买上两万册，分送到各地图书馆去。这样既帮助了作家，又扶持了严肃文学。

话题后来又转到了所谓的"宝贝系列"上，大约是因为畅销书这个话题，令在座的人想起了那些"上海宝贝""广州宝贝"这一类型的书。西班牙作家说，在他们西班牙，目下也正流行这一类文学，且在年轻人中销量颇大。西班牙将这种文学称为"潮湿文学"。为什么叫"潮湿文学"呢？他们说，这种书只能用一只手捧着读，另一只手则腾出来去干事情，一会儿工夫，下身就潮湿了，所以叫"潮湿文学"。

对于"宝贝文学"或"潮湿文学"，我则没有那么刻薄。我说我前一阵子见到过上海的棉棉，我以前辈作家的口吻对她说："每一朵鲜花都有开放的权利，至于这花开得大与小，艳与素，那是另外的问题。"

在对话中还响起一次掌声，那掌声是缘我而引起的。

那位一直没有说话的西班牙剧作家，突然冷不丁地提出一个问题。他问，你们中国是怎样培养作家的？这话问得突然，也叫人不好回答。我明白他的意思，他是想问文联、作协这些机构，作家班、文学院这些机构对业余作者的发现和培养问题，但是我故作不知，这样回答他，我说，我们中国天津有一位大作家叫孙犁，他说过一句天才的话：作家是生活本身培养的！请翻译。

当翻译将我的话翻译过去，西班牙作家齐声鼓掌。而那位剧作家，从此以后，脸色通红，局促不安，再没有说一句话。

当然，我们中那一位剧作家，也说了一句傻话。他问，在你们西班牙，剧作家是由剧院发工资，还是国家发工资。这话一出，西班牙作家不依不饶了。他们说，通常，是剧作家在自己家里造好剧本，然后去找剧院自荐。而最多的情形是，剧作家自己搭一个班子，依照剧本选演员，然后把剧本搬上舞台。

我得承认，这些西班牙作家都是他们国家的重量级作家，这从谈吐中你能立刻感觉出来。因此那天确实是一次势均力敌的对话，对话结束后，我感到自己比写一篇文章还要累。而我的那些谈锋所向，赢得了西班牙作家的尊敬，叫他们记住了西安这地方而不敢小觑。

从"舐犊情深"说开去

　　世界上最动人的风景叫"舐犊"。世界上最动听的声音是这舐犊所发出的声音。我见过这情景。茫茫的荒原上，羊只排成一个扇形，赶着抢着去吃草。那是春天。偶尔，会有一只大肚子的母羊停下来开始生育。一只羊羔生下来了，它泡在血液与羊水中。母羊这时候开始伸出舌头去舔。这舔的过程大约有十分钟。是舔干的，还是被这中亚细亚的漠风吹干的，不知道！总之，湿漉漉的羊羔变干了，它开始四肢打直，试着站起来。母羊这时候在旁边呢喃有声，鼓励羊羔颤巍巍地站起，然后又向前几步，做做样子，引导这羊羔行走，去追赶那已经跑得很远的羊群。

　　刚生下的羊羔很弱，大部分是不能行走的。母羊于是站在羊羔旁边叫着。荒原上的狼是很多的，到了晚上，这只母羊被吃掉的概率很大。我那时是一名边防军士兵，我做的工作是跟在羊群后边，待母羊生产了，待羊羔站起来了，我从马背上伸出一个用皮鞭做成的活套，套住羊羔的脖子，将羊羔吊上马，放进我的怀里。然后，将这只母羊驱逐到羊群中去，让它尽快地跟上大队伍，再抱着这只羊羔，跑上几里地，送回羊圈。到了晚上，回到羊圈的母羊，会凭着气味找到自己的羊羔的。而到了第二天，这只小羊羔就可以跟上羊群走了。

那年（1974年）羊产春羔期间，我用这种方式，一共为白房子边防站接了六十七只羊羔。我记得，一共是六十八只，但是有一只羊羔在放牧时，越过界河跑入了苏联境内。苏军把这只羊羔抓住，浇上汽油烧死，然后就地掩埋。理由是，防止有口蹄疫。

《名门家书》的编撰者们，将这本书的一部分家书发给我看。我在看的途中，被这些家书深深地触动，于是乎，那将近四十年前的草原上的一幕幕舐犊情深的画面突然浮现眼前。我想说，这些家书的写作者们，不论他们是什么性格的人，不论他们在商场上或人生战场上采取的何种战斗姿态，又不论他们是人生中的成功者抑或失败者，在这一刻，当他们用"家书"这种形式传达感情的时候，他们表现出一种怎样博大的爱意和善意呀！

而尤其是，这种传达是给一个弱小者的，是给一个自己对其有所期冀者的，是给一个从生命链条延续上来说，自己的那一延续部分的，因此，它充满了爱意和善意，充满了真诚和崇高。世界上的任何语言都具有矫饰色彩。人类创造语言，一来是为了表达感情，另一半则是为了掩饰感情，但是在这里没有，家书也许是所有文体中最纯洁的一种文体。

我是一位写作者，我这大半辈子写了不少的书。前些日子，《南方周末》的一位记者采访我，文章写好后，要我给这篇采访记冠一个题目。我说，那就叫《我把每一件作品都当作写给人类的遗嘱》。

是的，我把每一件作品都当作写给人类的遗嘱。我经历过很多事，我受过很多苦，对这个生我养我的大世界，我有着许多属于自己的独立思考，我常常觉得，不把自己这些人生思考、社会思考写出来，告诉世界，告诉给未来的人类，而自己就撒手长去了，那真是一种可惜。那不仅是自己的损失，更是人类总体利益的损失。

从这个意义上来说，我出版的那一大摞书也都是"家书"呀！未来世纪的人们，当他们从尘封的书架上翻起这些泛黄的书页的时候，他们会对我们这个时代表示敬意，认为这个时代还是有一些真实的东西的，这个时代的人们的智力水平还是值得肯定的。

这本《名门家书》中的大部分的名门望族们，正是改革开放初期应运而起的那一批民营企业家们。我曾在西安高新区挂职过三年的管委会副主任，挂职期间与许多的民营企业家成为朋友，并且对民营企业的发展历史有过半年的调研。

改革开放之初应运而起的这一批民营企业，大部分是家族企业，它们有的是夫妻公司，有的是兄弟公司，有的是父子公司，有的是朋友公司。在初期发展中，它们体现了这种亲情纽带所产生的优势。而在后来的发展中，随着公司的做大做强，弊端也就显示出来。主要是父子之间交接班的问题、兄弟们争产权的问题、朋友们利益分配的问题；而最主要的弊端，是由于家族管理模式陈旧，新的有能力的人才难以进入和难以发展的问题。我调查过一些企业，有几家解决得特别好，也有些解决得不好。解决得好的，企业就发展，有的甚至发展成长为市值上百亿的大型企业。

中国有一句古话叫做"富不过三代"。时代变了，我常常羡慕地看着西方社会那些老贵族、老庄园。西方社会家族的荣耀和富贵，是有一些延续性的，这与他们那里的社会稳定有关，与家族教育有关，也与西方世界"私有财产神圣不可侵犯"这条大法有关。我想：中国的发展随着社会文明的进步，随着封建气味离我们的越来越远，随着社会财富的不断堆砌，也许会做到这一点的。

我们欣慰地看到，我们的孩子将在父辈所创造的精神财富和物质财富的背景下生活——自由地和有尊严地生活。

在精神的高处

在平淡无奇的生活中，在苦役般的人生中，我们常常会产生一种拔身而出的渴望。这种渴望会被那些庸俗的人讥笑为"拔着自己的头发想上天"。但是我说，这种"拔身而出"是有可能实现的，这就是登山。

最近我连续地登了两次山。一次是到秦岭的南五台。南五台因五座山峰次第而上得名。我连登数峰，最后到达南五台的最高峰。站在峰顶，头顶一天繁星，俯瞰脚下的渭河平原，我有一种出世的感觉。另一次登山是在陕北。延安的清凉山的悬崖上，是明朝人刻的"苍生一望"四个字。芸芸众生到了这个地方，是不是都要俯视一番红尘呢？我不知道。

关于登山，浪漫主义诗人海涅有一段名句。那名句叫"再见了，油滑的男女，我要登到山上去，从高处来俯视你们！"记得，前些年，我的一位朋友被单位上的那些庸俗势力挤得难以容身，只好去了南方。在火车的隆隆开动声中，我正是伸长脖子，吟唱着这几句诗，为朋友送行的。朋友后来在电话中说，这是我送给他的最好的礼物。

我想海涅说的"登山"不一定是登山，他是说要登上一个精神的高处。我们生活在一个庸俗的社会中，鲁迅先生说他一生都在和无所不在无所不至的庸俗作斗争。而屠格涅夫也曾经说过："一想到漫长的庸俗的一生正等待着我时，我就不寒而栗！"生命要求我们创造，要求我们永远保持对生活的激情，而庸俗则强使我们就范和臣服于生活的平庸，所以连这些人物也面对生活时时生出恐惧。

最伟大的登山者是尼采笔下那个查拉斯图拉。梦想家尼采告诉人说，人如何可以从匍匐爬行的动物一腾而起，脱离低级趣味，达到一个大境界。这个查拉斯图拉，站在高高的山上，离群索居，餐风饮露，与鹰华为伍，与乌鸦为伍，饮着孤独的乳汁，成长为一个精神的王者。

毫无疑问，这个查拉斯图拉正是"拔着自己的头发想上天"的梦想家尼采自己。

中国的登山者们，更是留下了更多的自己的人生感慨。陈子昂团坐在古幽州台上，披头散发，眼含热泪，慨然歌吟道："前不见古人，后不见来者，念天地之悠悠，独怆然而涕下！"那情那景，就像我们今天看到的金庸笔下的那些武士弹铗而歌一样。而腐儒酸儒穷措大的杜老夫子，一旦登上东岳泰山，也凭空生出许多的豪气来，竟然也敢战战兢兢地说出"登泰山而小天下"的大言来。至于才高八斗的李太白，他的"欲渡黄河冰塞川，将登太行雪满山"，至于学富五车的韩愈，他的"云横秦岭家何在，雪拥蓝关马不前"，说登山可，说人生可，一腔愤感，言在此而意在彼，铿锵而出。

不过我最喜欢的，却是林则徐的两句诗。

那年我去神木县窟野河边的二郎山。一踏上山门，左右两侧，赫然一副不可一世的楹联。上联曰：海到无边天作岸；下联曰：山登绝顶我为峰。落款是林则徐。这联好像确实是林则徐所作的。有好事者考证说，林则徐七岁入私塾发蒙时，私塾先生出了上联，林则徐则应声而答，说出下联。此话一出，四座皆惊，知道这将来会是一个安社稷平天下的人物了。

不过这对联虽确是林则徐写的，但却不是专为二郎山写的。是这一处的懂些文墨的人，将这楹联刻了，张山的名，张人的志而已。不知我这样推测对不对。

生在末世运偏消。两千年的儒家奴化教育将人变成了侏儒。封建末世，能生出林则徐这样一个自大之徒狂妄之徒，确实是一件罕见的事。我们对这个历史人物还认识得很不够，只知其表而不知其里而已。

记得，站在二郎山的最高处，吟玩味着林则徐的"山登绝顶我为峰"一句，眼望长城逶迤，窟野东流，平沙万里，大漠孤烟，我的心中，陡然生出一股英雄气来。

人向高处走，向精神的高处走。在那辽远的高处，你会获得一种大自由，你的眼前会豁然开朗，你会觉得人生原本可以如此瑰丽，世界原本可以如此丰富。这些，就是本文提及的那些登山者们所告诉我们的。

侯老大烤肉

我把天底下的羊肉串吃遍了，最好吃的是我的战友侯老大的烤肉。

我们是一茬兵。20世纪70年代初，一批从陕西农村招来的新兵，一列火车拉了，开往中苏中蒙边界。这火车里，就有我和老侯：我是临潼人，侯老大是合阳人，家乡相隔有二百公里。新兵连训练结束后，我分到三连，也就是驻守在额尔齐斯河边的一个边防站；他则分到五连，也就是驻守在友谊峰下喀纳斯湖边的那个边防站。我一直没有挪窝，老侯则后来被抽到营部去做饭。据说他在营部做饭时，对政委有意见，打饭时，一勺子打落了政委手中的碟子，这样，又从营部下放到我们三连来。

老侯在四班，我在三班。那时边防站修地道。这里是古尔班通古特大沙漠北缘，所谓修地道，是先将沙漠刨开，在地底下用水泥箍成窑洞那样的洞子，上面再用沙子堆成小山。工程量很大，我们修的地道有几华里，整整围了边防站一圈。这工程，老侯可是把力气出了。后来总结时，指导员找我谈话说："三班长，给你们排一个三等功名额，你看给你好呢，还是给侯存生？"我说给老侯吧！不给他，我心里过意不去。五年以后，我们又坐同一辆车，回到家乡。

大部分的战友都在农村，他们如今弯腰驼背，都成了老汉了。小部分的在西安城里，除了几个在部队上提干，现在回来依然当个小科长的以外，城里的，剩下的也都几乎下岗了。在这座城市里，没有人知道他们是谁，他们还有那样一段过去。

1993年夏天我在西安钟楼下签名售书，后边一个人一直给我递烟。我手忙脚乱地光顾签名，也没看这人是谁。后来那人笑起来，我扭头一看，依稀相识。这人是老段，我的另一个战友。我对老段说，有个老侯，可能也在西安工作，你给咱们找一找。这老段后来竟然把老侯找着了。说起来也是奇遇，老段到一个大澡堂子里去冲澡，水雾朦胧，水声哗哗中，听见有人在吹牛，说边防上的事情。老段说："说话的人莫非是侯存生？"老侯说："问话的人莫非是段慧来！"于是两个赤裸着身子的人抱在一起哭了。

老侯的际遇也不好。先找了个老婆，死了，给他留下个女儿。后来再婚，再婚的妻子也带来了个孩子。这样，如今就成了四口之家。他工作的工厂也不景气，基本处于半破产状况。所以老侯一边吊吊搭搭地上班，一边在工厂门口摆了个烤肉摊。

老侯人实在。他的烤肉，肉是最好的。每天早晨六点钟，他先骑上车子，到市场上去买肉。最好的肉是里脊肉，而里脊肉一头牛身上只有一点。老侯把市场上所有的里脊肉都买来了，回到家里，他去上班，老婆开始串肉。下午五点，他下班回来，用一辆三轮车拉了烤肉工具，开始出摊。

老侯的烤肉，数量也几乎比别处的大一倍。加之他又自制了一种酱，当肉块烤熟的时候，酱往上一抹，黑红麻辣，香味扑鼻。

老侯的烤肉在这一带出了名，他的烤箱前的长凳上，人常是满满的。许多西安市的时髦姑娘，还不时打的到他这里吃烤肉。老侯的生意好，把别的烤肉摊挤得没有了生意。为此，别的烤肉的时常寻事，和他老婆打架，打得头破血流的。有一次，我还给派出所所长说了说，让他多关照我这战友。所长说，别的烤肉的也要活呀，对你战友说：理解万岁！

还有一次，西安市举行市容大检查，这条街上不让摆点。警车呜呜地叫着，男男女女下来一堆人，停在老侯的烤肉摊前。老侯只得把小凳翻过来，四脚朝天放在桌子上，自己则阴沉着个脸，两个胳膊搂在胸前，蹲在地上发愣。我对市容的人说，我这战友是个二屎，当年中苏边界武装冲突立过功的，你千万不要惹他。市容走了以后，老侯的烤肉摊又开张了。

去年，先是转业，后来又退休了的指导员，来西安旅游。我们几个人把指导员接了，直接奔老侯的烤肉摊。喝着啤酒，吃着烤肉，说着当年中苏边界上的事情。在烟雾缭绕中，我们那天晚上说了很多的话。

一人一个活法。老侯的烤肉摊开了十年了。他说当初工厂不景气时，为了养家糊口，他干过许多事，除了没贩过毒以外，啥事都干过，后来，终于落脚到这烤肉上。我估计，他这几年还是挣了点钱的。据说，他给女儿买了一套房子，现在又准备等钱凑够了，给妻子带来的这个孩子也买一套。他还常常说他有一个梦想，想买辆出租车来开，我说你把脚蜷了吧，你又不会开车。

我们几个战友，互相访问着了以后，便常常到老侯的烤肉摊前去吃烤肉。我的关于战友华侨老梁的故事，关于"白房子"争议地区重新回到中国的故事，关于天南海北的退伍战友们的消息等等，就是在烤肉摊前听说的。也许，我们这几个居住在西安的老兵，将在这个烤肉摊前絮絮叨叨地度过自己的晚年吧。不过我们拉话时，老侯不能参与进来，因为他要烤肉。如果换了老婆坐在烤肉炉子前，生意马上就不好了，人们会喊："侯老大哪里去了？"于是，老侯赶紧站起来，猫着腰，又回到烟火缭绕的烤炉前。

我给老侯写了招牌叫"新疆退伍老兵侯老大烤羊肉串"。另外几个战友，又把这招牌，用木板刻了，挂在老侯的摊子前那棵大柳树上。

每当夜幕降临时，这座古城的大街小巷便有许多烤肉摊出现，它们成为这座城市的一部分。这些烤肉的人，每个人大约都有他们自己的故事，而我上面所说的只是其中的一个故事。

最亲的兄弟

新中国建立时，社会那时候叫农民是"农民伯伯"，叫工人是"工人叔叔"。到后来，辈分降低了一些，农民成了"农民老大哥"，工人成了"工人兄弟"。再到今天，再降低了一个档次，提起农民，我们就联想到城市里那些蜂拥入城的农民工，提起工人，则想到"下岗"这个烫人的字眼。

我不否认，现在谁有钱谁就是爷，而囊中羞涩的农民，下岗失业的工人，他们只会成为社会的配角。但是，他们有生存的权利。他们的子女有接受良好教育的权利。

我的老家在西安郊区农村，那块贫困闭塞的小地方现在还生活着我的许多族人。我的堂弟到我家来，他给我算了一笔账，他说这一年到头种地下来，刨去用机械翻地、籽种、化肥、浇水费用，收割费用，农业税等等，秋后算账，反而赔了。农民算账，往往还不算自己付出的劳动力，如果再加上这些，那赔得当更惨一些。

堂弟算了一通，最后说，这地是不能种了。

那么出门到西安城里当泥瓦匠，又会怎么样呢？如果运气好，辛苦钱全都能拿到手，一年下来可挣两千多元。如果遇到老板赖账，那情形就像今年春节前的那种全国范围内的讨工钱的情形一样。

最叫我愤慨的是这样一件事。村上和乡上，将各种名目繁多的钱都收过了，最后还不满足，于是又想出个新招。他们挨家挨户地丈量每户人家的庄子，发现谁家门前多打出了一堵墙，然后就开罚款。我的堂弟家一贫如洗，无钱可罚，于是就拉走了屋里仅有的几口袋粮食。堂弟打来电话，向我哭诉。我说我能有什么办法呢？一个手无缚鸡之力的文化人而已。据说后来这事引起了全村人的愤怒，农民们手挥农具，呐喊着把这伙人赶出了村子。

我曾经请教过一位县委副书记，问为什么会发生这些事情。他说现在小的乡镇，要养活200多干部，大的乡镇，干部则多达600之多。这些人的工资县财政根本拿不出，于是只好乡镇自己想办法解决，

这位副书记还说，乡镇干部的消肿问题不解决，所谓的税费改革，所谓的减轻农民负担，都是一句空话。乡镇干部的工资找谁要去，羊毛出在羊身上，归根结底，还得从农民身上想办法。这位副书记甚至说出了一句惊人的话，即取消乡镇一级建制，由县上直接对农民实行条条管理。他说这句话不是他心血来潮的想法，而是思考了许多年的心得。

改革开放给中国农民带来了两件实惠，一是土地承包到户，二是农业人口可以流动到城里打工。现在，这两件实惠都已经消化得差不多了，已经不能给农村和农民带来大的刺激和大的激动了，我们期待着决策部门能对所谓的"三农问题"再有新的决策。

中国的农民是世界上最好的人类群体。他们像羊一样温顺，像牛一样勤劳。过去的封建社会将地方官员叫"ＸＸ牧"，意思是说老百姓是牛羊，他们是放牧者。但即便如此，为官一任，富民一方，这些放牧者也懂得让牛羊吃饱肚子的道理。

所有的中国人都是农民。包括我。区别只在于有的人进城的时间早一点，几千年前就进城了，有的人晚一点，这些年才进城，有

的则如今还在城外的土地上耕作。中国是一个农耕文化的国家，我们应当永远用敬畏的口吻谈论我们的土地，我们应当将那些家园的固守者视作我们最亲的兄弟。

我家的小保姆

母亲因心梗住院。妻子下公共汽车时，一脚踩空崴了脚，脚肿得像个面包似的，医生说一百天才能好。儿子正在上高中，面临高考。两千年春天的我们这个家，算是烂包了。全家就靠我一个人支撑。

妻子过意不去，她说雇个保姆吧！那天，她躺在床上，与来看她的外甥女在嘟囔，商量请保姆的事。我听她给她外甥女交代，这保姆的条件有三条：一是人老实，二是身体好，三是人要长得丑一些。

这第三条，明显是针对我的。我在客厅里听见了，嘴里没说，心里想：女人们这小心眼真多。

第二天下午下班后我回到家里，推门一看，见厨房里有一个姑娘，留着个短头发，穿着个花格的确良衬衣，两只袖子绾在臂腕上，正在叮叮咚咚擀面。妻子说，这是咱们家请来的小保姆。

待姑娘转过身来，我才发现姑娘的脸真黑。不但是黑，而且黑得发亮。模样挺老实。圆脸庞，虎虎生气。这时我想起妻子说过的话，我偷偷笑了。

姑娘是甘肃省礼县人。陕西省妇联和甘肃省妇联搞个什么工程，将甘肃贫困山区的农家姑娘介绍到西安来当保姆。我家的小保姆就是这样来的。省妇联好像有个"保姆中心"之类的组织。

小姑娘敢离了父母和家乡热土，到西安来，还有一个原因。姑娘的小姨，先期来了，现在也在西安做保姆。听姑娘说，小姨有两个孩子，她和丈夫不和，于是扔下家，独自来了西安。她的工作，也是省妇联这个保姆中心给找的。据说有一幢大房子，只有一个老太太住，老太太的两个儿子都是大款，要这女同胞陪老太太住，管家。

小保姆进家，家里多了一口人，这花销于是增大了许多。母亲这时候疾病得到控制，也出院了，于是这个家又度过危机，安稳了下来。

我至今还感激这位小保姆，是她分担了我和这个家庭的许多困难，帮我们渡过难关的。记得，妻子和母亲，老嘟囔着嫌给这女孩开的工资高，我说，每月就二百块钱，请来这么一个大活人，忙里忙外，这高吗？中国的劳动力真是廉价，放在国外，你看看！

我是一个平等主义者。小保姆进家，我对全家说，人的社会分工不同，但是从人的尊严这一点来讲，人和人都是平等的，我是一个文化人，整天在小说中讲这些理想，现在则有必要从我们自己做起。

但是在家里，我是不敢轻易和这小保姆说话的。比如吧，有一次我说，姑娘新来，不知道有零花钱没有，咱们是不是先预支她一个月工资。妻子听了这话，恼道：你什么时候这样关心过我！我听了赶快噤声。还有一次，我对妻子说，将你不穿的衣服，给姑娘几件。妻子说，合同上有规定，只管吃住，发工资，不管衣服的。后来一段时日后，妻子还是将衣服一件一件地送给小姑娘了。不过这是她的人情，与我无关。

小保姆来我们家一个月以后，又黑又亮的脸变成了粉红色。脸蛋部位最红，像两团火，这是甘肃人的特征，俗称"红二团"。又过了一个月，"红二团"消失了，姑娘的脸变成了西安人那样的粉白色。"西安的水土真好！"姑娘照着镜子说。

姑娘的家在甘肃礼县，那天我写作闲暇，查了查中国地图，找到了"礼县"这地方。礼县与陕西的留城县接壤，也就是一千华里路吧。我把地图上的"礼县"指给姑娘看，姑娘惊叹了一声。后来我发现，她用铅笔悄悄地在家乡那地方画了一个记号。

　　姑娘每礼拜天休一天假，休假这天，她就到她小姨住的地方去玩。在这段时间中，她的外公还专门来看过一次小姨和她。姑娘还给老家写过几封信，我拿出单位的信封说，就让信回到这里吧！后来我还给她转过两封信。

　　三个月头上，妻子的脚彻底好了，母亲的病情也稳定了。我听见她们婆媳在悄悄商量辞退小保姆的事。在这事上我是外人，只听不作声就是了。

　　后来，小保姆走了。妻子和母亲将小保姆送出门。那一刻，我正在房间里写东西。我想，出于礼貌，姑娘也应该到我房间里，告辞一下才对。我还想，如果姑娘来告辞的话，我可以给她写一幅书法作品，让她带上，将来有了困难，还能卖两个钱，救救急。但是姑娘没有来告辞，我也就只好作罢，佯装不知。

　　姑娘走后，我离开桌子，走到阳台上，看见姑娘依旧穿着她来时的衣服，手里提着个包袱蛋儿，匆匆地消失在楼的背后。

　　听母亲说，姑娘其实也想走。姑娘在西安待了几个月以后，心大了。这时省妇联好像与北京市妇联也在搞这种输送保姆的活动，于是姑娘想到北京去发展。母亲的话叫我感到一点安慰。我想，当我写这篇文章的时候，这来自甘肃礼县的农家小姑娘，此刻大约正在北京的一户人家的家里。

辑四　每个人生活在自己的命运中

姑娘坟

讲过复仇者的故事后，祖母还讲了一个爱情故事。

一个青年农民到城里赶集，回来时天色已晚。他走着走着迷失了方向。正在惶恐之中，突然望见黑暗中有一线灯光。近前一看，却是一个独独庄儿，门户虚掩，屋内油灯之下，坐着个如花似玉的女子。姑娘一脸病容，让人看了心疼。小伙看得呆了，竟忘了打门问路。直到姑娘觉察，出门唤他，方才惊醒。那灯下女子，深深地道个万福，口中说道，父母都走亲戚去了，家中只留下她一个人，独院孤灯，十分寂寞。说罢，执意要留青年住宿。

一个有情，一个有意，高宅深院之中，两人竟作了一夜缠绵夫妻。

良宵苦短。次日鸡啼狗咬之时，小伙子尚且恋枕，姑娘却满面垂泪，劝青年快快动身，说她的父母快回来了，让他们碰见了性命难保。分别之时，两人依依不舍，指天划地，发下誓盟。那女子说："你若真的爱我，回家之后，可遣人前来说媒。我家一院独独庄儿，门口一棵老槐，切记切记。"

说罢，掏出一把钱来，塞给小伙，知小伙家贫，让他拿此钱来作聘礼。小伙无以相赠，以一只花手帕回送。

小伙回到家中，即卧床不起，家人问及缘故，小伙起初尚不肯说，后来逼得紧了，只得透露真情。家里人一怒一喜，怒的是婚姻大事，这般解决，甚是荒唐；喜的是男大当婚，事情既已至此，顺水推舟，也算了结了父母的一桩心事。于是，遂差媒婆带上礼物，按照小伙所指的方位，前去求亲。

媒人腿快，半日即还，汇报说：那里旷野一片，并无什么独独庄儿。小伙从床上一跃而起，急问："有树木么？"

媒人答："树木倒有一棵，长在路边。树身一人高处，有个斜杈。"

小伙说："正是那棵树了。那斜杈上我曾挂过褡裢。"

小伙又问："那树周围还有何物？"

媒人又答："树下不远处，纸灰飞扬，却是一个新坟。新坟顶上，端端地放着一方花手帕，甚是日怪。死者何人，尚不得知。"

小伙顿时明白了大半，遂掏出姑娘给的钱来看，窸窸窣窣，竟都是些纸钱，关中人叫作"阴票子"的便是。

那女子却是个员外的女儿，七日前刚刚死去。媒人打听停当，告诉了病床上的小伙。小伙听了，微微一笑，并不惊骇，遂吩咐家人各自珍重，他要走了。

全家哭声一片，他却安然如素。七日之后，婚约一到，不等那女子前来索魂，他竟大叫一声，随女子去了。

小伙死后，家里人前往女子之家，诉说这一场故事。女子的父母亦感到稀奇。于是，两家父母合起来为小伙举行了葬礼。在一片唢呐声中，两位钟情者合葬于一坟。

手稿丢失记

1991年8月20日，我突然接到中国作家协会电话，通知我第二天赶赴西安，参加1991年度的庄重文文学奖颁奖大会。

这时，我正在延安的家中，闭门不出，每天以五千字的速度写作长篇《最后一个匈奴》。这时候已写到三十万字。当时我计划写三卷，每卷十五万字，也就是说，已经写完两卷了，具体到小说的情节，就是已经到了杨岸乡为其父杨作新张罗平反的时候了。

我决定去领奖。

20日晚上，年轻的评论家、延安教育学院的张宝泉先生来我家。我决定将手稿交给他，让他看一看。这个举动出于以下几个考虑。一、我不准备继续写下去了，我想请他看一看，提点意见，回来后，我即着手誊抄，抄到最后，再凭一股惯性，将结束部分写完。二、书中的那些人物和事件，在我头脑中张牙舞爪，搅得我寝食不安、处于神经质状态，我想将它们暂时赶走，让这些幽灵去纠缠别人。起码让我安宁几天，缓冲一下吧。这也许是当时最重要的动机吧。三、我想逞能，尽快让这个世界知道我干了一件多么伟大的事情。

当宝泉将手稿包好，装进他的黑皮包里。跨出家门时，我在这一刻突然产生了悔意。于是我千叮咛万嘱咐，要他一定把手稿拿好，只能躲进自己屋子看，不要拿出去。

西安会议开了三天。这一年度的庄重文文学奖，主要奖励陕甘宁青新五省区的作家。陕西省有贾平凹先生、杨争光先生和我获奖。庄重文文学奖是中国作家协会、中华文学基金会设的一项年度性文学大奖，香港庄重文先生每年以二十万基金赞助。这次颁奖之所以面向西北作家、之所以放在西安开会，有一个内部的原因，即决策部门为贾平凹先生的一部长篇没能获"茅盾文学奖"，我的一部中篇没能获当年度的中篇小说奖，感到过意不去，故以庄重文文学奖的颁发，作为平衡心理的弥补。这是旧事了，为什么要说？

我是8月24日回到延安的。正如邢小利先生在专访中所说：高建群一开完会，就匆匆地回延安赶他的长篇去了。

张宝泉先生在期间回了一趟老家宜川，也是24日回到延安的。《最后一个匈奴》手稿于这一天丢失，这是我后来才知道的。

他是上午11点半的时候从宜川到延安。班车停在延安宝塔桥头。下车后，他叫了一辆拉货用的三轮车，坐在车上回教育学院。他那天除了这只黑色手提包以外，大约还从老家带来了一纸箱西红柿酱。车颠得厉害，他主要的精力，是用手扶着纸箱，不致使玻璃瓶打碎，而将手提包放在车厢的后面。当三轮车行走到大东门时，他扭头向后一看，发现不见了手提包。三轮车拐回来，返身一路寻找，直到宝塔桥，也没找见。他问了路边的一群三轮车工人，大家都说没有看见。

这些我当时都不知道。回到家中，不见宝泉来送稿，我想这倒也好，让我静下来，写第三卷。可是写到十天头上，还不见来送，我就有些纳闷了。我再也写不下去了，身上有一种心惊肉跳的感觉。我到教育学院去找宝泉，宝泉说，稿子让一位朋友去看了。我有些不高兴，督促他赶快要回来。那时我已经有一种不祥的预感。

我在家中度日如年，就这样到了9月15日，也就是稿件丢失二十一天后。早晨我从床上爬起来，没有洗脸刷牙，正趴在桌子上写稿，这时有人敲门。

进来的是我不认识的一位青年人，穿一身保安服。落座后，他对我说，他是教育学院保卫科的，张宝泉要他来告诉我，我的手稿丢失了，问我怎么办？

面对这个陌生人，我傻了好大一阵。当时我的脸色一定苍白得可怕。好久我才问他，张宝泉为什么不自己来。陌生人说，宝泉怕你打他！我又问，为什么手稿丢失了二十一天之后，才告诉我。陌生人说，这些天来，宝泉四处寻找，实在没有办法了，找不到了，才来告诉我。

陌生人说完，瞅个空子，就走了。

尽管已经有不祥的预感，但是这突如其来的打击是不是还是太大了？

我的头脑在这一刻变得一片空白。我失去了判断力。我在沙发上坐了很久。我有些古怪地笑起来。

我明白我得去找那个小偷。要找小偷得先找到那个三轮车工人，他们要么是一伙，正像俗语所说的那种"联手"，即便不是"联手"，他也会知道不少小偷的情况的。而要找到三轮车工人，得先找到乘坐三轮车的张宝泉先生。

我抓了一辆自行车，向教育学院骑去。路上，自行车撞倒了三个人。还有一次，撞到了一辆紧急刹车的汽车的屁股上。

在教育学院，我努力地说服了宝泉，要他陪同我，来到宝塔桥头，找到了那位孱弱而猥獗的三轮车工人。

宝塔桥头停着许多的三轮车，这些三轮车是等源源不断的长途班车停下来，用来拉人拉货的。在没有班车时，三三两两的三轮车工人蹲在河边。

通过这位三轮车工人，我又找到了三轮车族的首领人物，这是个类似高仓健的面色冷峻的中年人。原来，所有的三轮车工人，都知道小偷是谁。

首领告诉我，那天接这个班车的，一共有三辆三轮。宝泉乘坐的是第一辆，他就在后边的第二辆。有两个小偷，一个骑着车，一个在后车座坐着，他们先是撵三轮车，超过以后，又返回来，在接近三轮车的那一刻，后座上坐着的那个，一伸手，将包提了，然后自行车飞驰而去。

宝泉先生听罢，怒气冲冲，扬言要报告公安局，抓小偷，抓三轮车工人。见状，我止住了宝泉的怒气，我说，他可以回去了，以后的所有的事，由我来处理了。

小偷在白坪山上住。我和这位三轮车首领约好，第二天，我请客，他作陪，和小偷拉一拉，我没有别的意图，一切以找到手稿为目的，保证不给公安局报案，而且无论谁（包括小偷）找到手稿，我将给一笔数量可观的奖金。

为了讨好这位首领，我买了几盒红塔山给他。见有烟可抽，零零散散的三轮车工人都围了上来，我只好再破费一些。

第二天，在宝塔桥北侧的一家小饭店里，我见到了小偷。

小偷是一个十五六岁的年轻人，留一个郭富城式的头，马夹，西装裤子，平底布鞋，有着一副令我羡慕的身材。

小偷努力地回忆了一下。回忆起了偷那件黑色手提包的事。那是他那天的第四次出手，他说，偷到手提包以后，他们飞快地来到厕所，打开包，见里面只有几件衣服，几本杂志，就骂了一声"晦气"，将包扔进厕所里去了。我问包里有没有一个大信封，里面装着些写着密密麻麻的小字的废纸。小偷努力地回忆了一阵，说记不清了。

小偷，我，还有一大帮三轮车工人，来到小偷提供的那个厕所。我们找遍了厕所的前边和后边，男厕所和女厕，结果空空荡荡，什么也没有。我们又找遍了厕所周围的住户，也没有得到什么情况。

丢失稿件的那阵子，正是郊区的种大白菜季节，因此，每天，厕所里都要来不少的粪车。因此，现在只有一个可能了，那就是拉大粪的郊区农民，有没有可能捡到它。

我动员了全城的小偷，全城的三轮车工人，和我的在城里居住的朋友，开始寻找。我给他们留了我的地址，一旦找到，就送到我家里来，一手交稿，一手交钱。除小偷提供的宝塔小学厕所外，我还在延安城的其他厕所，统统跑了一遍。

每当街上出现一辆拉粪车时，我就疯了似的跑过来，拽住马的缰绳，问掏粪的农民拣到那些手稿。

我那些天像个逐臭夫，哪里有臭味就往哪里跑。

还有些热心朋友，在郊区的蔬菜队贴满告示。

就这样一直闹腾到10月5日，当我在宝塔小学厕所又去了一次，然后顺着南河踽踽独行，回到我的四楼居室时，我突然明白了，这是天意，手稿已经永远地丢失了，永远不会再回到我身边了。

我站在阳台上，望着苍茫的天空。我感到世界充满了险恶，我感到全世界的人都在算计我。我虚弱地扶着栏杆，防止自己栽倒。"你是被这个世界打败了！"我对自己说。我想从阳台上跳下去，但是又没有这样做。《最后一个匈奴》没有面世，是人类的损失，是我对这个世界欠下的一笔债务，我没有理由就此了结自己。

我把自己的所有的赌注都倾注到这一本书上了。此刻，没有了它，我一下子变得多么苍老，多么丑陋，多么虚弱呀！在写作它的这些日子，我已经变成一个毫无生活自理能力的废人了。我在生活中所以坚硬如铁，有金刚不坏之身，就是因为有这一本书在箱中垫底。但是现在，我一无所有了。

我明白自己得凭借记忆，将它重新写出来。中国有一句老话叫"置于死地而后生"，这话仿佛像给我说的一样。

我已经没有最初写书时那种锐气了，现在必须强迫明令，我要强使自己的身体行动。

我从1991年10月6日起重新动笔，到1992年1月31日写完上卷，1992年6月30日写完下卷。我强令自己每天要完成一万字。

那是一段令人一回想起来就不寒而栗的日子。我已经完全不是我自己了，我在总结这一段日子时，对自己用了一个准确的形容———一架失控的航天器。

在将稿件全部写完，发往作家出版社时，我顺便发了封电报。我在电文中说：中国文学界就要发生一件大事了。我是不可战胜的。好人万岁！

噩梦醒来的是早晨。回忆手稿丢失，在我是一件痛苦的事情。现在，每当将手稿交人时，我就心惊肉跳，我总是将它复印一遍，再交出。

老庄哲学的至高境界，是知其白而守其黑，知其雄而守其雌。中国画的创作亦是如此。悲鸿先生不明白这个道理，将西画理论引入中国美术教育，误人误己贻害无穷。

说起第一稿和第二稿，各有优劣。第二稿的优点是总体把握好一些，结构匀称一些。第一稿的优点是描写得细致，充满诗情，时时有神来之笔。此次所涉已非前番之水。因此，第一稿的优点，在第二稿是无法恢复了，话撵话，一句话想不起来，后边的就只好丢失了。

我常常想，我真傻，如果不写第二稿，用这段时间和精力，我完全可以写另外一个长篇。

我和宝泉先生仍然是好朋友。对于这种迂腐的书生，你拿他有什么办法呢？

我再也没有见过那个小偷。大约见过的，只是不记得了。每个人都有自己的活法，他那样活，大约有他那样活的道理。我也信守诺言，没有去告发他。那些三轮车工人，我还常见，他们常常出没于大街小巷，拉人拉货，只是我已经不记得他们谁是谁了。

一吻三十年

　　"八岁红"是某市晋剧团的当家花旦，在晋陕一带颇有名气。她长着一双忽噜忽噜的大眼睛，黑白分明，两片粉腮，白里透红，整个人儿，活像蒲松龄《聊斋》里专迷男人的狐狸精。更兼她善走台步，一双穿缎鞋的小脚在台上扭扭捏捏走过时，举重若轻，步步莲花，令观众为之倾倒，因此黄河两岸的老百姓又有一句话，叫"宁肯不喝两口西凤酒，也要看八岁红几步走！"

　　八岁红八岁上唱红，这以后，古戏新戏，文戏武戏，又演过许多角色。她演过的角色，算起来也有三四十个，不过大家认为她演得最好的角色，还是文革时期从京剧移植过来的那个《红灯记》。在《红灯记》中，八岁红自然演的是李铁梅。记得，当时破四旧，没有年画可卖，于是印刷部门将八岁红演铁梅的定妆照，印成年画。许多人家中，都贴过这画。

　　好汉不提当年勇，或者说"美人迟暮"，上面说的，都是当年的旧事了。如今八岁红已经年过六十，退休在家，漂亮的人儿不经老，这话是真的，她当年那绷得紧紧的白嫩面皮，如今已经松弛下来，尖下巴也变成了双下巴，黑白分明的两只大眼睛，那黑的地方如今也不甚黑，白的地方如今也不甚白了。

八岁红在家闲着无事，于是想到要余热利用，办一个少年戏剧学习班。这学习班说说容易，办起来却难。这办班需要启动资金，那钱说多了得30万，说少了也得3万。

八岁红于是四处化缘，希望能够筹到这个资金。一番跑下来，腿没少跑，脸没少看，资金一分也没筹到。又有人出了个馊主意，说让八岁红重出江湖，演上几场戏募捐资金。可这一招也行不通，八岁红如今已人老珠黄，成了过时人物，年轻一代更喜欢那些港台明星之类，谁会来看这个老怪物的戏？

八岁红的孙女是个大学生，她心疼奶奶，劝八岁红不要跑，她说她有现代手段。啥叫"现代手段"？原来，女大学生是要在互联网上发消息。

那互联网上的消息是这样写着：八岁红欲振兴地方剧种，举办少年戏剧学习班。万事齐备，只缺资金。盼有识之士解囊相助，云云。

消息在互联网上发出后，不几日，八岁红正在家中闲坐，突然有人敲门。门开处，进来一个老板模样的人。老板进来，先眼睛直勾勾地瞅着八岁红看了一阵。演员天生一张脸，就是让人看的，八岁红自小卖蒸馍，啥事没经过，那脸早被人看得能结上老茧了。可是这一辈子没有害羞过的八岁红，面对这男人的注视，竟有些害羞，脸像小姑娘一样地红了。

男人意识到了自己的失态，赶紧收回了目光。

男人说明了他的来意，说他正是看了互联网上的消息，为赞助少年戏剧学习班的事来的，他说不定就是互联网上提到的那个"有识之士"。

听说是赞助商，八岁红自然喜出望外，接待也就更为殷勤一些。这是常理，不必细述。

男人细致地询问了办班的情况，最后将腋下的黑皮包顺过来，拉开拉链，从里面一沓一沓，取出一堆钱来。

男人将钱在桌上码好，对八岁红说，这是10万，我刚刚称过的。1万元是1市斤，10万元是10市斤，这我从保险柜取出时称过，刚好10斤。这10万元算第一批赞助，余下的20万，陆续到位。

这简直是天方夜谭。瞅着眼前的这一撂百元大票，八岁红简直像做梦一样，她拿起一沓钱来，戴上老花眼镜去看。那男人见了，笑一笑，有些居高临下，但又极为友善地说：不是假钱，你放心。

一桩让八岁红千难万难的事情，就这样轻轻易易解决了。这事确实有些奇怪。八岁红问那人的名字，那人笑一笑：不必问了，普通老百姓一个。又问他的公司，那人又说，这是他的个人行为，与公司无关，因此就不必问他公司的名字了。

"那你一定是一个狂热的晋剧迷吧？"八岁红这样问。谁知那人又摇了摇头，说他过去喜欢美声唱法，现在喜欢流行歌曲，对于晋剧，他从来就没有产生过兴趣。

"那究竟是为什么呢？谁也不会钱多得拿起打水漂。你来赞助，一定有你的道理。如果你说不出个张道李胡子来，这钱我就不能收！"八岁红说完，真的将钱又推到了那男人的跟前。

"真的要我说明原因吗？世界上有些秘密本来就不该说穿。不过你既然要我说，那我就说吧！不过我有个要求，在我说之前，你得先把这钱收起来！"

看着八岁红挪着依然轻盈的碎步，将钱搬到柜子里了，那人才开始说话。未曾说话前，那人的脸色突然变得冷峻起来，一种愁苦的表情弥漫在他脸上。那表情令人想起一个日本演员叫高仓健，或者说像法国电视剧中那个叫基督山伯爵的人物。

"我曾经为你坐过牢，从二十岁到三十岁，人生最美好的一段年华。你不要惊异，你不会知道这件事的，因为这纯粹是我个人的事。"

来人继续用一种徐缓的追忆的口吻说："那是三十年前的事了。那时我是一个工厂的青年工人。还记得你扮演李铁梅的那张剧照吗？我们集体宿舍的墙壁上，就贴着这么一张。"

"那时你多么年轻呀！"来人瞅了一眼眼前的老态龙钟的八岁红，叹息一声，继续说，"我们宿舍的八个小伙子都喜欢你，崇拜你，而最喜欢你的是我。我那时做了一件傻事，这事让我现在想起来都脸红。"

来人停顿了一下，又瞅了八岁红一眼，继续说："每天上班时，我都是最后一个离开宿舍。最后离开的原因是为了和你告别一下。而那告别仪式是亲吻一下你的嘴唇——当然是张贴画上的嘴唇。

"这事后来被同室的人告发了。那嘴唇经过成年累月的亲吻，颜色已经褪去，因此很容易被人怀疑。最后，有一次在亲吻的时候，门被推开，我被当场拿获。后来，被以流氓罪而判刑。"

这真是一个奇怪的故事。如果不是来人这样说出，八岁红即使有再丰富的想象力，也不会想到在她身上竟然发生过这样的故事。此刻她感到自己的嘴唇也有些发烫，于是赶紧害着地用手捂住。

八岁红说："于是你在坐牢期间，像基督山伯爵那样得到一笔财宝。这样，你出来以后，开始办公司，做生意。"

那人笑了："基督山伯爵得到意外之财那事，只有小说家才能杜撰出来。说实话，我在狱中什么也没有得到。财富是在出狱以后，由于失去了公职，只得下海，于是，一点一点攒起来的！"

八岁红收下了那人的赞助费。随后，"八岁红艺校"就红红火火地办起来了。八岁红又恢复了青春活力，大家说她又年轻起来。而后来，那人答应过的二十万元赞助，也分两批到了艺校的账上。

那天在告别时，曾经发生过一件事，这就是接吻。八岁红将那人送到了门庭，握手告别时，她突然有一个愿望，就是给那人一个吻。那男人似乎有同样的想法，四目相对，他们互相注视着对方，迟疑地，试探着走近对方，接着四片嘴唇胶着在了一起。

那长长的甜蜜的一吻让八岁红刻骨铭心。直到楼梯上传来了脚步声，八岁红才从梦中惊醒，她将来人一把推开，说："我孙女回来了，你快走吧！"然后，自己回身扑在床上，哭起来。

厕所的故事

一个美国华裔作家到我家做客。闲聊间，他突然站起身来，一边揉搓着双手，一边问我：洗手间在哪里？我领他到厨房，指着水龙头说：这里可以洗手。这美国佬儿听了大窘。幸亏陪同的小姐机灵，说洗手间就是厕所，他是问厕所在哪里。可以想见，这回，是轮到我发窘了。

自然，我又领他到了厕所，我家两室一厅，巴掌大个地方，厕所在哪儿，该是一目了然的。我不明白他为什么会多此一问，以致我闹出笑话。我想这大约是种礼节吧。这事还叫我增长了一点见识，就是厕所原来可以叫成"洗手间"，这真是文明人的文明叫法。

上面这件事，就此打住。好在我今天有点侃兴，就让我说说厕所吧！

厕所在房间里，成为这个单元的一部分，抬头低头，总与它见面，其好处是方便，其不好处却是不方便。妻子是个极爱干净的人，且神经脆弱，有个"条件反射"的毛病。婚后那一阵子，我每有饭食下肚，肠胃便作响，于是立起，去掀厕所的门。见我去了厕所，妻子顿时脸色发青，胃里打噎，将碗一推，不吃饭了。我这叫恶习，这恶习是与生俱来的，是长时间培养的，可是为了能过下去，我只好委屈自己，努力地改正它。后来，我是改正了，不过儿子出世，依旧如我。

中国的老百姓有一句话，叫作"生子当如孙仲谋"。这话说了一千年，其实，我看是一厢情愿。你的儿子生出来怎么能像孙权呢？只有孙权的儿子出来才像孙权，是不？我的儿子则像我。我的许多优秀品质他没有承继，吃饭上厕所这一点，却是学下了。吃饭的途中，他笑眯眯地王顾左右，然后蹑手蹑脚地走向厕所，一会儿，马桶里的水声，便哗哗哗地响起来。妻子骂我，还有一些忌惮，骂起儿子，却是顺茬。一阵劈头盖脸的臭骂，令儿子没有了脸面。后来，妻子先是令行禁止，令儿子必须饭后再上厕所，可是儿子的五脏六腑，运作转换，是妻子的一句话所能改变的吗？再后来，妻子又令儿子饭前上厕所，先将肚子腾空，这一手果然奏效。于是我家的饭桌上，从此安宁。

我小时候，在农村待过三年。农家的厕所，一般是在庄子的后面，距离上房很远的地方，用玉米秆立起，围成一个小空间。那厕所叫"茅子"。最初的茅子，是干厕，后来实行"水茅化"，用砖头垒一个坑位，底部放一个瓦罐或瓦瓮。农村人不知道该怎么称呼这种厕所，于是沿用公家人的这句话，将它叫"水茅化"。我最初听到"水茅化"这三个字，不知其所云，后来上过一次，算是明白了，这个"舶来品"却也形象。

这样的厕所，男人们一般是不去上的，因为男人整日地在田野上劳作。田野广阔，可以容他随时随地大小便。

说起厕所来，我这里还有一件蹊跷的事情。小时候常听同学们说，有一种一角钱的纸币，币面上有"厕所"两个字，这是建国初期，老大哥国家为我们造的。后来，我们找到了这种纸币，将皱巴巴的纸币拿到阳光下，又用放大镜来看，那上面果然有"厕所"

二字。字的笔画很胖，翻写的，呈青白色，笔画边缘用两条细线勾出。其实不用放大镜，只要专意去看，也是能看清的。它的大小，比绿豆粒还要大一点。好个老大哥，和我们开这样的玩笑。这种建国初期的一角钱，现在还在流通吧，只是，我有好多年没有见过它了。

我想我的随时随地大小便的毛病，一是在农村，二是在部队养成的。

茫茫的戈壁滩，方圆数百里，没有人烟，只有几十个大兵，守在一所白房子里。因此你执勤巡逻途中，下得马来，随时可以方便。部队上将上厕所叫"解手"，又有"解大手"和"解小手"之分。这是河南人的叫法。贾平凹先生又在一首诗里考证说，山西大槐树底下的人，向北方迁徙，差人们用绳索将迁徙者们的手连起，谁要方便，差人们先得将手解开，于是中国的字典中，就多了"解手"这个词儿。文人的话，假作真来真亦假，信可，不信亦可，悉听尊便了。

不过白房子有的是厕所。况且，为尊卑有别，还设了两个厕所：一个大些，是大兵们的厕所；一个只有三个坑位，是干部厕所。往往，军区文工团一年会来一次，文工团来了，干部们则就降级到大兵们的厕所里来，与民同乐，干部厕所则腾出来，让女文工团员们用。有一次，我在这边蹲着，听两位女文工团员在那边惊呼：这地方还常有女人来，你看厕所！我听后心里一阵悲凉，我说你们真是皇娘娘不知民间疾苦。往往，文工团一走，干部们便将厕所门口那个"女"字一撕，慨然而入了。不过那些快要退役的老兵，往往会向权威挑战，有时壮起胆子，进一回干部厕所，享受一回干部待遇。

白房子的蚊子多，多到遮天蔽日，多到在房间的四个角聚成四个疙瘩，多到你一脚踩到草地，"轰"的一声，绿军装变成了灰军装。上厕所在这里成了大难。

你裤子刚一脱，没等蹾下去，白花花的屁股上，立即被蚊子落满，继而火辣辣一片疼痛。莫奈何，只得尽量不去解手。我当兵五年，五年间不解手自然是不可能的。瞌睡总得眼里过，急了，于是，只好拿一张报纸，燃着，趁火正旺，"啪啪"两脚踩灭，然后抹下裤子，一屁股蹾在那浓烟上。不待那硝烟散尽，再赶快提起裤子。说句好脸红的话，五年之后，回到西安，蹲在厕所里，我才悠悠闲闲地，从容地上起厕所。

西安的厕所当然好了，没有蚊子干扰，没有尊卑之分，尽情地蹾，尽情地拉。倘若你住的是单元房，就近解决，就更舒服方便。蹾在厕位上，再拿一张报纸，或一本畅销小说，更见惬意。王朔说，他读书，大部分是蹾在马桶上读的。我也一样。这真是个专心致志地读书的好地方！

说起厕所，我这里还有一个笑话。

我有一位朋友，上西安来，进得人民大厦。大厦门厅的厕所，大便的地方，门都关得严严实实的，小便的地方，却是墙上半空悬着的一个个舌状的瓷窝。朋友没见过这阵势，踌躇半天，嚷道："西安这地方，日怪，茅坑也是建到半崖崖上的！"

蹉跎半天，总得解决问题。于是解了裤带，将半边屁股，担到墙上的瓷窝上去。又脚尖上一使力，身子一弓，另半边屁股也上去了。屁股上去了，还是不稳，随时有掉下去的可能。恰好，墙壁有自来水管，刚好攀援。于是乎，我的朋友，便背墙壁而攀，两臂左右张开，抓住水管，两腿分开，全身呈"大"字状。恰好这时有人进来，搭眼一看，惊诧莫名。"这是怎么一回事哩？咋看不到一搭里？"来人说。

这个段子，三分真实，七分调侃。原来当不得真，写出来，博大家一笑耳耳。倘有人要对号入座（这事常发生），那么我这里先对个"号"——我说的是我自己的事情！

　　厕所的故事，扯起来会没个头！你上过多少回厕所，你就会有多少个厕所故事。人生在世，样样事故都是大事，不过细细想来，最大的事情，莫过两件：一是从上面摄入，一是从底下泻出。王侯将相，庶民百姓，概莫能外。如此说来，这一段调侃文字，却是个大题目，不是？！

客从长安来，还归长安去

西安是我的故乡。我已经60多岁了。当我作为一个游子，在世界四方游历的时候，我给心灵的一角，安放下故乡的牌位，疲惫时躲在里面叹息，痛苦时躲在里面哭泣。那里收容下我疲惫的叹息和痛苦的哭泣。

大约20年前，陕西卫视要做一期与上海东方卫视的空中对话。这边是陕西作家我，那边是上海作家叶辛。记得我说，西安在2000多年前，就是世界上唯我独大的国际都市，而上海在200多年前，还是东海滩涂的一个小小渔村，深圳在20多年前，还是边境上的一个荒凉口岸。而今，西安是远远地落伍了，像一个念叨着"老子曾经阔过"的身着青布长衫的老者一样，在咀嚼着早日的光荣。

我曾在哈萨克斯坦首都阿斯塔纳讲演时说，亚细亚在东，欧罗巴在西，将这块辽阔的欧亚大草原连接起来的是一条古老的道路。现代人将这条道路叫丝绸之路。它的开拓者是我的一位乡党，叫张骞。在张骞之前，世界各文明板块是孤立的，是老死不相往来的，是在各自的蛋壳里孕育出来的文明。很好，人类跨上了马背，靠马作为脚力，可以完成这跨越洲际的穿越了。于是在长安城的一个青色的早晨，一个叫张骞的使者上路了。

丝绸之路是人类历史上，迄今为止最重要的一条道路。涌涌不退，财富滚滚，或涌向路的东端长安城，或涌向路的西端罗马城。在一千多年的世界历史纪年中，世界的东方是长安城，世界的西方是罗马城。

而中间的这块途经的辽阔地带，地理学家、人类学家叫它欧亚大草原。在这块大草原上，以阿尔泰山脉为中心，活跃着 200 多个古游牧民族。我们中国人所熟知的匈奴、东胡、大月氏、乌孙，及随后出现的鲜卑、乌桓、突厥等，即是这样的古游牧人。这些古游牧民族以七八十年为一个周期，或涌向世界的东方古都长安，或涌向世界的西方古都罗马，向农耕定居文化索要生存空间。

文王建丰，武王建镐。这就是历史上有名的西周王朝的丰镐二京。终南山关中地面，有七十二峪，一条也许是最有名的峪，叫沣峪，西安人都知道沣峪口这个地名。周制、周仪、周礼、周乐就是周公旦奉命在丰镐二京修制的。陕西有个楼观台号称"天下第一福地"，相传老子曾在此著《道德经》五千言，并筑台讲学，因此被尊为道教的祖庭。

一座长安城，半部中国史。关于西安，要说的话实在是太多。我一直有一个大想法，想写一部《大长安地舆志》，将西安方圆百里这些城镇地名、村庄地名、姓氏来源踏访一遍，追根溯源，一部鲜活的历史书就出来了。而且这历史书较之碑载文化更为可靠，更为直观。

"客自长安来，还归长安去"是李白的诗句。接下去的是"狂风吹我心，西挂咸阳树"。李白这诗，是为一位叫"小韦哥"的朋友回长安城而写的。李白的出生地在碎叶。那里有一条著名湖泊，叫伊塞克湖，它发源于帕米尔高原的楚河。张骞的足迹，玄奘的足迹，都到过那里。那时伊塞克湖名字叫热海。

我的家乡在西安的郊区，渭河下游的一个小村，名叫高村。我热爱这座城市，我热爱我那平凡的渭河老崖上的小村。几年前的一个清明节，我给村子的乡村公墓中，我的故世的亲人们的坟头，曾经立下一块白色的石头。石头上刻着："这里埋葬着我们高姓人家的祖先。他们世世代代在这里出生，在这里劳作，死后便埋葬在这里。即便那些少年时怀着征服世界的梦想，从这里走出去的人，晚年也叶落归根，重新回到这里。谨立此终南山糙石，纪念他们，并祈求他们在天之灵，保佑高氏一村一族，人丁兴旺，永驻永安。"

魔术师的口袋里装满忧伤

"诗歌，该怎么深刻而又凝炼，我不懂，但我一直像中学生一样迷恋！"这是1976年《诗刊》复刊后，邵燕祥写的一首诗，诗名叫《中国又有了文学》。

此后这四五十年中，在这被文学绑架的幽暗时光中，这话屡屡涌上我的心头，并刺痛我的心。每次推托不过，去一些地方演讲，我念叨着"中学生一样的迷恋"这句话走上那个祭坛。坐定以后开讲，我的忧伤的目光看到的，是台下对文学"中学生一样迷恋"的听者。

前几天有人告诉我，西安市原市长助理兼秘书长王志强先生死了。听到这话，我想起"中学生一样迷恋"这句话。我坐在小区的草坪上，无喜无悲，坐了很久。十几年前，王先生托人说请我吃饭，说了好多次。我有些奇怪。素不相识呀！后来饭桌上他说，我是个老文艺青年，我正式拜过师的，我的师傅是你的好朋友。我笑着问是谁。他说是在延安南泥湾三台庄插队的北京知青高红十。

志强说，当年，西安市的五七干校在延安南泥湾金盆湾。每天晚上，收工以后，他要跑上十几里山路，拿个小本子，上到南泥湾稻田上面名叫"三台庄"的小村，听当时已经名噪一时的《理想之歌》的作者之一，北京知青作家高红十讲文学。

红十后来到了陕西人民出版社，再到中国法制报。这个一代风云人物，大约也退休了吧！她和我同龄。她出生的日子恰好是苏联十月革命节那天，所以叫"红十"。

记得我曾给志强说，红十如果哪天回延安，咱们去陪陪她。现在，志强先生走了，这个可能也就没有了。

陕北人有一句老话，叫作"人活低了就按低的来"。我第一次听到这话，还是听路遥说的。去年今日，我在牛津大学，正遇毕业典礼，校方对我说，我们牛津，是为英国培养首相，为世界培养领袖的，例如撒切尔夫人，例如梅夫人，例如约翰逊等等；他们都毕业于牛津。我在那一刻想起我们的西航学院，我说，那个遥远的位于世界东方的学院，它的大部分的学生来自草根家庭，他的学院学习主要是学一门技能，为了糊口养家，从而不至于有一天饿死。我说这也很好呀！人活低了咱就按低的来！帝王有帝王的快乐，百姓有百姓的快乐，很难说哪种快乐更快乐！今年西安航空学院人文学院的开学典礼上，我把我上面这一段话说给孩子们听。

那一届文代会上，我专门找到张夫人，我说，姐，我求你两件事，一、出《张贤亮纪念文集》时，将我在《南方周末》上那篇悼亡文字，一定收上。二、为了贤亮先生天堂里安宁，请务必善待马樱花。夫人说，马总已经离开影视城，去一个文物商店了。我听后心里很难受，我说，姐，那就当这话我没说吧！

贤亮先生病后，我去宁夏看过他。影视城门口有个吊桥，两个兵卒守着。我喊道，回去告诉你们张主席，就说陕西高主席来了，他说过，西部影视城我当一半的家。兵卒见说，回去禀报。一会儿，马总出来迎接了。那吊桥，方吱吱哑哑地放了下来。

那次贤亮老哥说了这么件事情。有一次中国作协开主席团会，会完后大家往出走。突然一个人急匆匆地从后边赶上来，把他肩膀一拍，说：祝贺 x 主席连选连任！贤亮说他扭过头来，那人一看认错人了，很尴尬。贤亮说他当时也很尴尬。原来有个会者，个头和他差不多，那天也穿了个黑烤花呢半大衣。人在行将就木前说这件事，大约是一萦绕心头挥之不去的心结吧！

我的画罗汉图，先学弘一法师李叔同。后来得知，弘一的罗汉图，取法于陈洪绶陈老莲。接着又得知，老莲的罗汉图，脱胎于唐末五代时期著名诗僧贯休，于是再习贯休。贯休的《十六罗汉图》，现藏日本皇室内庭，得著名画家耿建先生推荐，荐以贯休十六罗汉拓本，愚拙者如我，以大喜悦之心情，直追汉传佛教罗汉图创作之源头，潜心研习，致敬先贤。2019年金秋时节，高建群饶舌如上。

专家认为，贯休的罗汉图，胡貌梵相，奇崛诡巍，有别于汉传佛教大多数的罗汉图，这原因大约是因为，他修行的寺院（可能在四川吧），有几个来自天竺国的高僧，他是依他们的面貌而画。我却以为，也许更合理的推测是，这家寺院藏有自天竺国海运而来，未经陆上丝绸之路行走漫长中国化过程的原始经像。

佛教从两千五百多年前创立的第一天开始，便开始翻越帕米尔高原，一路东传。进入天山之外侧费尔干纳盆地，天山之内侧塔里木盆地，尔后穿越河西走廊，落根中原，而胡貌梵相的胡僧形象，在这漫长的行走中，逐步成为慈眉善目，浑圆面孔的中国人形象。

广游五印，西行求法第一人名叫法显，山西临汾人。他从长安城草堂寺出发，在印度那烂陀寺学成以后，从加尔各答登船，又在斯里兰卡滞留两年，再登船历经八个月，陆去海还，从中国青岛登岸，回到中国。

登岸后，青州刺史到码头迎接。法显高僧手捧迎取回来的经像，众人簇拥在后一路前行。贯休所画之罗汉图，当是这种海上迎取回来的经像，甚至有可能就是法显高僧手捧的那幅。

法显后来没有再回到北方。南朝四百八十寺，多少楼台烟雨中。高僧晚年在这里游历。他圆寂于彭城（今徐州）新寺。季羡林教授据《佛国记》推算，高僧享龄八十三岁。

我很穷，也很富有

我曾经一夜间名满天下，接着又被当作中国的布拉什批得体无完肤。这两样事至今仍使我不可思议。

我出生在渭河畔的一个小村庄，生我的是母亲，养我的是祖母。

我曾经有过五年边防军经历，按照教科书上的说法，一个射手在发射到第十八颗火箭弹的时候，心脏就会因剧烈震动而破裂。可是，身为火箭筒射手的我，当苏军的坦克成一个扇面向边防站运动时，我在掩体里为自己准备了十八颗。遗憾的是，这次进攻没有继续。因此，我失去了一次成为英雄的机会。我的最好的作品是《伊犁马》，可惜它没有受到应有的重视。我的最重要的作品是《最后一个匈奴》。为写作它，我掉了四十斤肉，掉了三颗牙齿，还丢掉一个职务。但我不悔。我打开了历史进程中一个又一个的黑匣子，我驱赶着盘踞在我心中的一个又一个的魔鬼式的人，进入千家万户。首都评论家们给予作品以很高的评价，这使我感动，并意识到艺术殿堂的庄严。我很穷，我的工资仅够我抽烟，然后老婆的工资用作全家每月的日常开支。我有许多朋友，我总是劝他们到我居住的城市来玩，但是嘴上这样说，心里却说：千万别来！因为我请不起饭，派不动车。

我的家乡在西安近郊，可以说我是西安人。每一次到西安开会，那些在西安上下班的人总称我为外地人，这使我有些不自在。因此，我渴望有一天回到西安，在家门口痛痛快快地打个滚儿。

　　我欠了世界上许多人的债，他们曾经从自己的利益中分出一部分，给我以帮助。我常常因此而惶恐不安，我希望生活能给我回报他们的机会。

　　我现在每天的主要时间是躲在家里写作和胡思乱想。我不知道除了写作以外自己还能干什么。尽管作家现在已经不是什么叫人羡慕的职业了。

　　世界上所有的诱惑都不能使我为之所动。这种人生态度是五年的白房子岁月给予的。我在那里过早地嗅到死亡的滋味。因此，在某种意义上，我把自己手头从事的每一件作品，都看作也许是遗嘱。《最后一个匈奴》已画完句号，已经成为社会的产物，或者夸张地说，已经成为民族思想文化宝库的一份不动产。那么，且不去管它了，让我继续我的苦役吧！我的下一部将叫《回头约》。一个类似《圣经》中的《出埃及记》的故事。仍旧是陕北题材，前期准备工作已全部完成，如果身体允许的话，我将于1993年年底完成它。

　　编辑方越先生给了我一次与社会、与同类对话的机会，谨此奉上！

1993年5月

天地有大美而不言

——致张为国《生为茶人》

　　我此生注定将会遇到一些重要的人，遇到一些重要的事。于我来说，这本书的作者就是我遇到的重要人物之一，而他为社会提供的东裕茗茶汉中仙毫，就是我遇到的重要事情之一。与人相遇，与茶相遇，既是缘分，亦是福分呀。

　　我无法想象，假如没有这一杯茶，我的后半生将会多么的寂寞清苦，百无聊赖，无所依傍。每天早晨，从睁开眼睛那一刻起，到晚上睡觉合上眼睛那一刻止，我的手上大部分时间都会捧着一个茶杯。茶之于我，已经不仅仅是一种生理需要了。

　　我年轻的时候，在一家地方报纸做副刊编辑。我的前面坐着一个陕南人，他教会了我喝茶，我后面坐着一个陕北人，他教会了我抽烟。从此以后，大半辈子了，烟不离手，茶不离口。我一天得三包烟，有朋友说了，幸亏有茶来化解，你才没有被这烟给呛死。

　　这本书的作者名叫张为国，汉中人，他当是眼下陕西最大的茶老板之一吧，民营企业家一个。他在汉中地面有三处大的茶园，两块在西乡，一块在南郑。我曾经到他西乡境内午子山下的那个茶园去过。茶园近旁有个山头，山的轮廓很美，我对为国说，在山那头立一块石头吧，我给写上几个字，叫"倦鸟归巢"——鸟儿在空中飞累了，在这茶园里歇息一下翅膀。

在东裕茗茶汉中仙毫新三板上市启动仪式上，我说，茶从栽培，到采摘，到制作销售，有个周期性，过去的那种一边滚动一边发展的传统小农业模式，显然已经不适应时代了，得有大投入才行。在西乡茶园，我说，什么时候，你们公司能够带动西乡的老百姓，汉中的老百姓因为种茶而富裕起来，那才是大成功。我还建议说，有一句有名的古话，叫"临洮易马，汉中换茶"，如果你们能将汉中的茶，安康的茶，取一个总名称，叫"易马茶"，那说不定会做成一个类似普洱茶那样的大品牌的。

为国好像是专门为茶而生的。他来到我的工作室，站在那里，静如处子，叫我想起静静的茶树，而一旦他张口说话，顿时是满屋茶香。他是如此儒雅，安静，颇有古君子之风，我说，这都是茶带给他的呀！他的肚子里茶的知识，茶的典故，茶的渊源及流变，装满了一肚子。而这本书，仅是他泄露给世界，报告给社会，奉献给读者的一部分茶文化的余唾而已。

茶的起源大约和我们这个民族一样古老。神农氏尝百草，日中七十二毒，药不能医，得茶而解之。神农氏采茶的地方在哪里呢？史籍上说是在首阳山，而炎帝故里，宝鸡那个地方的人说，终南山第一高峰太白山，它的左边，就叫首阳山呀！

张为国先生说，三个陕西人，对中国的茶文化的起源，发展，推而广之起到了重要的作用。那第一个就是前面提到的神农氏。第二个呢，则是居住在汉中盆地的巴人，是巴人部落首先开始了茶树的栽培。而第三个呢，则是鼎鼎大名的他们汉中老张家的那个张骞。朝廷命官张骞西行时，拜过祖祠，尔后从家门口的茶树上采些叶子，打进行囊，从而踏上漫漫征途。他踩出的这条路，后世叫它丝绸之路，亦叫陶瓷之路，亦叫茶叶之路（或叫茶马古道）。

如是说来，茶叶这个神奇的东方树叶，伴随中国人的行程，已经有迢迢五千年岁月之久吧！在历史上，一定有许多张为国这样的茶人，亦有我这样的贪饮者，人所具有的我都具有，将心比心，是这样吧！那真是一个长长的茶文化构成的洪流呀！我们都是受茶恩泽的人，或者换言之说，是被茶诱惑和俘获的人。上一杯茶，咱们悟道。原来呀，道文化就在茶中。上一杯茶，咱们参禅。原来呀，禅文化亦在茶中。上一杯茶，咱们通儒。原来呀，儒文化也在茶中。

　　天地有大美而不言，世间有茗茶我先尝。不好意思，文章写到这里，我得搁笔，我要去饮茶了。

2017年5月8日于西安

路遇侠客须呈剑

——为《高家将演义》而序

　　杨家将有《杨家将演义》，呼家将有《呼家将演义》，这本书的作者高建成先生找到我，手捧他的大作，叫《高家将演义》。他说，咱们高家，在中国历史上，英才辈出，猛将如云，作为高氏种族后裔，是不是应当将先人们的五马长枪、英雄盖世，写成一本书流传。

　　高氏是一个大姓。最近看民政部门统计出的中华姓氏大排名，高姓排在了整个姓氏的第十四位。高姓原来如此兴旺，这叫我老高看了，却有些不好意思。记得前些年建成只拿来他作为编撰者之一的《中华高姓通谱·总谱》，那时似乎听他说，高姓的排名在全国是第十七位。你看，短短几年，又有诸多高姓后裔诞生，人丁兴旺，它排到第十四名了。

　　我的老家在西安远郊的临潼区，渭河兜个圈子，从家门口高高的渭河老崖下流过。这渭河流经的地方，一路撒下一个个同姓同氏族的村子(又叫堡子)，高村就是其中之一。高村又分为东高和西高两个自然村。我查陕西省图书馆收藏的《临潼县志》，县志共有四种版本，最早的一个版本是明朝嘉靖年间的，那里面就有关于东高、西高的记载了。这仅仅说明，远在明嘉靖年间，我的这村子就形成了。而在此之前，往上追溯，这一支人类族群，是如何麇集到这里，临河而居，并建立起千余人家的村庄的，来路茫茫，往事如烟，我们找不到任何的蛛丝马迹可查。记得我的祖母说，别的村子的人，是腊月二十三日敬灶火爷，我们村的人，是二十四日，因为高家有人在朝廷做官，二十三日还在路上，二十四日才能赶回高村。我不知道我的这条气息颇弱的家族记忆，能不能为我这渭河畔的高姓家族，寻找到一点寻根问祖的线索。

不过可以肯定的是，渭河岸畔这些同姓同氏族村落的建立，是在大禹治水之后。大禹治水之前，渭河平原(又称八百里秦川)还是沼泽四布、湖泊连连、芦苇丛生，黄河象出没的一个所在。大禹沿河疏通了禹门口，渭水直泻黄河，田野才露出来了。又经过许多年以后，渭河平原成为千里沃野，河水则收缩成一股，从平原中间地段弯肠而过，撵着河流，两岸建起村庄。这村庄就有我的高村。

这本书的作者高建成，是陕西华阴人氏。那地方称长安城的东府。我听他说，那地块地面的高姓村落很多，而富平一代，也有许多的高姓村落，秦腔易俗社民国年间的老社长高培支，就是富平人。而终南山下的长安区这边，山脚下，有许多的高姓村子。高家堡子、高家寨子、高家庄、高家村，等等。而在陕北地面，高姓村落亦十分的多，明代李自成的岳父高迎祥、当代的中共领导人物高岗，都是赫赫有名的人物。

记得我曾请教本书作者。我在延安工作时，横山来了些高家人，曾跟我续家谱，我说我是关中平原上的高家，不是陕北高原上的高家。现在，我想问一问建成，不知道这其中有什么渊源没有，如果有，高家是从关中走去陕北的，还是从陕北来到关中的。

建成回答说：一般的说法，高家起源于渤海国，即今天山东渤海湾，这话也对也不对。其实，根子还在陕西，是在武功、岐山一带，后来分封到渤海去的。这些高姓人家念旧，于是又往回迁，过了黄河以后，长安城正在发生战争，过不去，到不了桑梓之地。于是一部分留在了黄河岸边的东府地面，这就是他们那些村庄的由来；一部分则顺着黄河往上走，想绕着回家乡，结果走得太远了，一不小心走到了陕北，然后落地生根，定居在那里了。

我不知道建成这话里边，真实的成分占几分。不过他是高氏家谱的编撰人之一，他的话该是权威的吧！如是者说来，我那渭河岸边古老的高村，它也该是那时候迁徙到这里的吧！

先生所著的《高家将演义》，我细细地阅读了一遍。感觉像在听一部大秦腔，慷慨悲凉，满纸英雄气。又感到像读那些古典话本小说，一章一回，一招一式，都笔到心到，字字如玑。

五代十国那一段历史，在我是两眼墨黑。五胡十六国史，我倒是曾经涉猎过一些。那里面出现过一个"高"家的皇族，草原帝国北魏由它的两个大将取而代之，一个叫高欢，建都邯郸，先称东魏，又称北齐；一个叫宇文泰，建都长安，先叫西魏，又叫北周。后来北周灭北齐，继而老丈人杨坚篡位，建大隋王朝。这是那一段历史的起承转换。

看了建成先生的《高家将演义》，见到在这个中国的著名乱世中，如是多的英雄人物粉墨登场，而雄赳赳者，高家将旌旗招展，银甲锃亮，英雄辈出，叫我这个高姓后裔心中顿生出一股英雄气来。

可以说，建成先生的描述是基于史实的。我为了写这个序查了一些资料，算是恶补，又根据我对五代十国那些肤浅的知识认为本书史料详细，人物可信，叙述严谨，颇有古风。

《高家将演义》就要出版了，谨献上我的祝贺。愿它成为每一个高姓子孙的案头读物。建成先生古道热肠，他先是参与高姓氏族家谱的编撰，继而又倡议成立高氏文化研究会，接着又主编《长城堡高氏家谱》，功莫大焉。我想，我们高家的先人假如地下有知，一定会为这个子孙竖起大拇指的。

为了第一个猴子开始的事业

　　一只猴子走出了森林。他用手挠了挠腮，试着直起身子，颤颤颤颤地走了几步，结果发现，这种尝试是可能的，只要摆动前肢，保持住身子平衡就行。于是不久以后，一种超级动物就在地球上出现了。他们称自己是人，是万物之灵。他们将这个小小的地球勘察一番后，便开始动手为自己造福，烧毁山林，开垦耕地，进发海洋，钻探地下。他们将原先的那些森林同类，划分为两种类型，一种称为有益者，一种称为有害者。有益者，尽量剥削和使役它们，驱使他们为人类服务；有害者，立志斩尽杀绝。后来，又意识到斩尽杀绝是愚蠢的，于是便设立生物保护圈，念起斋来。

　　阴谋、凶杀、叛卖、战争、谎言、讹诈、强权、暴力、压制、不公正、淫乱、虚伪、献媚等等，等等。各种难以想象的堕落行为，像瘟疫一样弥漫于这些自称是万物之灵的动物之间。他们直起身子了。他们腾出了两只手，可以恣意为之。他们在地球的哪个角落出现，那里便开始发生争吵、噪音和污染，那里别的动物便纷纷逃遁。有识之士在经过一次又一次无补于事的努力之后，终于将这人类的种种丑行归结于劣根性，即归结于它的祖先是猴子这一事实上。而冥冥之中，大自然以一种不可抗拒的神秘之力，每隔一段时间，便在地球的某一个角落，借助于一个临产妇的肚子，生下一个毛孩来。它说不清是在嘲笑人类，还是在提醒人类。

假如最初不是猴子，而是一种别的什么动物，最早直起身子，那世界的今天也许会是另一个样子了。比如说，是一匹马，是那高贵、漂亮、诚实、热爱劳动、善良的马，而不是这行为猥琐、举止浮躁的猴子的话，也许，它们是不会那么自私的。他们指着地球说：这是大自然酿造的一杯美酒，让我们按照平等的法则享受它吧，即不能你多，也不能它少。

"我自为之，与人何碍？"人类中会有愤愤不平的雄辩者。他们说："猴子自直起它的身子走路，马类自横起它的身子走路。两相无碍。"话是这样说的，不过，自从在地球变化的那一刻，猴子成了人类之后，别的所有生物的进化便停止了。最近的《参考消息》上说，一位聪明的动物学家，在经过毕生研究之后，发现人类的出现抑制了地球上别的动物的进化，它们的成熟程度，现在还停留在猴子变成人类的那一刻。譬如一只座钟，在那一刻停止之后，一直停到现在。因此，人类不用担心，地球上会出现别的智力动物，来与人类抗衡。他们尽可以继续肆无忌惮。

但是，人类终会受到惩罚和报应的。这种惩罚会来自被它毁坏了的大自然，会来自自己制造出来的种种吓人的武器，然而，诸种惩罚中的一种最残酷的惩罚，是人类自身的精神堕落，以至导致人类的毁灭。

月亮，这个地球最亲近的姊妹，它站在高处，以一种永恒的耐心，静观着地球上发生的一切。星星则躲在更远的远处，在孤独中，一面完成着自身的进程，一面参与总秩序、总进程。宇宙太大了，我们无从了解那辽远的东西，不知道大自然在那里是以什么样的秩序排列着，不知道那里有没有生物，那里有没有人类，那里有没有堕落。

人哪，你这古怪而又神秘的动物，你的产生得力于大自然的一次偶然编码时的失误，还是一种必然的生物进化过程？你从森林里走出来，是一种幸福，还是一种不幸？既然你的存在是一种痛苦，那么，为什么每个人在行将结束生命时，都或多或少表现了对这个世界的留恋？既然你的存在是一种幸福，那么，在古往今来浩如瀚海的思想文库里，却充满了文学家和哲人的发自心灵深处的痛苦哀鸣？

当我以超然物外的态度，来谈论人类这个题目时，我感到一种羞愧。因为我是它的一分子，我是从遥远而来又向遥远而去的人类家庭中的一个承前启后者。在我之前，有许多杰出者，为了使人类更美好，为了使世界更合理，绞尽了他们的脑汁，献出了他们的毕生。在我之后，也必将还有这样杰出人物。所以，我没有权利怀疑人类的出现是否得不偿失，生物群是在进步还是在退步。我必须做而且能够做的是，接续起历史这个链条，成为它中间的一环，背起沉重的因袭，以不妥协的精神，向前走去。

一位忧伤的法国哲学家兼作家，站在地球的另一翼，借助一个西西弗神话，表现了他对人类命运的悲剧性思考，那里面流露出一种世纪的悲哀和刻骨铭心的孤独感，令人不寒而栗。当然，他还从这个神话中挖掘出了它的积极意义，给人类以安慰，给人类以超脱，给人类以继续生存、继续做爱、继续繁衍下去的力量。但是，不知为什么，当我热泪盈眶地思索着这一切时，总感到后边的附加意义的解释里具有一种无可奈何的绝望情绪。

在东方，在我们这个古老的国度里，有一位前辈作家也这样探讨过人类。他说，人生是一场猴子的游戏，一群猴子在抢空果壳。问问君王吧，这个力气最大的猴子，他抢到了空果壳，并且砸开了它。它得到了什么呢？"苦役"、"无尽的烦恼"和"世界上最不自由的人"——在最近一期的《读者文摘》上，三个西方国家的元首，这样向世人陈述他们在从事这个令人羡慕的职业时的感受。

然而，为了人类辉煌的前景，为了从第一个猴子开始的事业，我们还必须前行。继续做爱，继续繁衍，继续奋斗，继续探求。就像鲁迅先生不朽作品中的那个苦行僧般的"过客"，就像屠格涅夫《门槛》中的那个俄罗斯姑娘，就像浮士德，就像《草叶集》中那个歌唱自己也歌唱同类的行吟歌手。相信吧，坚定不移地相信，人类在走向进步，世界在走向进步。相信吧，坚定不移地相信，人类能够制约自己，人类能够拯救自己，人类会在痛苦的过程中，聪明、成熟和高尚起来。我们毕竟离猴子越来越远了。

所幸的是我们有文学，有这种反省、思索、交流的媒介工具。"现代科技可以搬动一座喜马拉雅山，但不能使人类心灵增加一分善良，因此，不能没有文学家这种职业。"这是一位可敬的苏联作家说的。

什么是作家？作家就是引导人类走向聪明，走向成熟，走向高尚，使人类脱离兽性，脱离自私，脱离苦难的人。作家就是将一支不客气的笔触，伸向人类的灵魂深处，同时也伸向自己的灵魂深处，在里边寻找痛苦的症结，寻找滋养和补给的人。他就是历练和智慧的总结者和传递者。他向那些饱受苦难的灵魂抛去救生圈，他给那些保不住自己门前草地的孱弱者以思想铠甲，他就是人类同情心和良心。同时，他向那些恶人举起投枪，发出诅咒，迫使那些恶人在暗夜里为自己的灵魂堕落而哭泣。没有这类人物的民族只是一个生物之群，有了这类人物而不知道爱惜他们的是一个不可救药的奴隶之邦。这是郁达夫先生在他的《怀鲁迅》中，对从事这种职业的人的一种最高赞誉。

但是，他们同时又是一些最为可怜和不幸的人。他们无暇去经营自己门前的菜地，他们不谙人事，是稚童、傻子和疯子三位一体的人类类型。他们即便处在最欢乐的时刻也带着悲哀，他们得忍受孤独的煎熬，以便在孤独中去穷究一个道理（也许会是一个错误的道理）。谁和他们成为亲属和家人，谁的生活便会被他们搞得一团糟。直到有一天，当他们的同时代人已届暮年，享乐一生后，感觉到需要给这个时代留点纪念碑之类时，才记起了他们，于是抬着他们的肩膀说，来吧，可怜虫，站在广场上去吧，那里已经为你安排好了纪念碑。这样，他们即便在死后，还要站在露天广场，迎接这白雪飘飘，赤日炎炎，无力挪动一步。来焚香者，抑或是出于盲目的敬仰，抑或是为了贩卖自己的私货。谁能理解他们呢？

我联想到了我自己。我的面前摆着自己的诗集、散文集和小说，以及大量没有发表出去的习作。我回忆着艺术准备过程中那些苍白而苦难的日子。我没有为自己最初的幼稚脸红，也没有为接着的粗糙害羞，我没有了一种贯穿作品始终的东西，那就是对人类命运的深切关注和诚实的思考。

我永远不能明白我为什么拿起笔。是那个白雪皑皑的冬夜吗？也许是的！天空在落雪，中亚西亚荒凉的原野上，一片素白。沙枣树在孤独地站立着。边防站黑色的碱土围墙，立在这百里无人的荒原上，在边防站的油灯下，我在一个手掌大的笔记本上写诗。一位老军人推开了双层门。这是一位来边防站视察的将军。他表示了深深的惊愕和感慨，于是要走了那个小本子，并且将诗作带到北京发表了。

也许这不是偶然，而是一种积习，是我与生俱来的一种渴望理解世界和希求同类理解自己的愿望，一种自我表现，一种用旧了但我仍然不愿放弃的观点——人生使命感。正如我的尊敬的朋友贾平凹所津津乐道的"扬声大笑出门去，我辈岂是蓬蒿人"一样，正如多愁善感的屠格涅夫说的"大狗叫，小狗也要叫"一样，我终于克服了羞怯和自卑，用笔和世界开始对话。

也许是那一次，是那个秋夜。群星满天，树影婆娑，额尔齐斯河在唱着万年不改的歌声。我在芨芨草丛中站哨，枪刺挂着露珠。一个椭圆形状的飞行物，自西南而东北，在我头顶缓缓飞过。我忘记了去拿望远镜，也忘记了去通知我的同类。我在这一刻被深深地震撼了，我感觉到它在我头顶上同时曾颤抖了一下。那也许是我在颤抖。许多年后，我在《高建群诗选》的小传中，这样写道：他一生为人严谨，但遗憾的是见过飞碟，天意难违，从而常常生出种种非分之想。

不管怎么说，我应当永远怀着美好的情感，回忆那五年的军旅生活，回忆青春被放逐到荒原上的那段苍白而美丽的日子。这段生活改变了我的性格，这段生活改变了我的思维方法，这段生活将影响我的一生。

这段生活直接的收获是我的一些作品。它们是我的西西弗神话，是我埋藏在心底十多年的一颗苦涩的果子，是我对国界线这个概念的具有超前意识的理解。作品中的一些人物的为道义和正义而死，正是他们人格的最后完成。人类因为他们的死而聪明起来、成熟起来、高尚起来。为理想而死尽管仍然是悲剧，但不是不幸。我们宁可要挑战者号宇宙飞船辉煌的失败，不要那潍坊风筝节的成功的放飞，当这两件事同时出现在新闻联播节目里时，我为我们自己脸红。

感谢生活，它让我的双脚踩在国界线，从而能细细地思索生活，思索这一当代中国作家还未涉足的领域。当一位被我称为"伪现代派"的青年朋友，拿出"全球意识"这句话唬人的时候，我立即接过这句话，并且毫不犹豫地将它融入我的作品中。

这段生活还给予了我更多的东西。它为我提供了一个孤独的所在，让我脱离自己的同类，回过头来，超然物欲之外，来研究这喧嚣的尘世和我的无法理喻的同类。他还为我提供了与大自然对话的机会。善良的兔子，没有头脑的刺猬，红狐狸，来这里度假的大雁、家狗和野狼，富有高贵气质的我的坐骑——伊犁马，飘飘忽忽的黄羊群，踏着死亡之路去追求爱情的公野猪，还有那血红血红的戈壁落日，暴风雪，罂粟花和向日葵等。在与大自然的对话中，我觉悟到自己不光是人类的儿子，而且是大自然的儿子。我从一个较为便捷的角度，洞观了人类正在经历的一切。

　　当然，我更为熟悉和亲切的，是成长、生活和工作的这块黄土高原。热土意识震撼着艺坛，陕北是一个焦点。在这亘古的荒原上，在这大山的皱褶中，也许真的隐藏着我们民族的生存之谜'发展之谜。我正试图表现这一切。真正的具有史诗意义的描写这块土地的鸿篇巨制还没有出现。也许我的尝试是失败的，但是我必须尝试和冲击，一种渴望表现的痛苦在长久地折磨着我。我们这个民族正在经历着精神觉醒的痛苦，我有幸感觉到了这种痛苦，但愿我不断地吸收和充实，有力量表现这种痛苦吧。

　　我继续思考，让我继续自己梦幻般的行程吧。不要打搅我，亲爱的家人，亲爱的朋友，亲爱的社会。我爱人间，我在人间生长，我对我的同类充满了一种无法表达的亲近和热爱之情。

　　现在，让我来告诉你，第一个猴子从森林里走出来，是一种幸福，还是一种不幸。是的，这是一种幸福。过程就是幸福。此刻，我的心中，就充满了一种幸福感。我会痛苦，所以我是幸福的。我会思考，所以我是幸福的。我有过去，所以我是幸福的。我的所有呕心沥血的创作，其实都是为了与现在和未来的人类通话，未来的人们，在打开我那发黄的书页时，将会明白人类为了认识自己和破译世界，曾经是怎样地痛苦过。

生命太短了，必须拣主要的事情来做。假如将来的某一天，我能将自己的种种思考借助文学形式诉诸人类，那就算不枉此行了。我将在地球上寻找一个安静的角落，去继续我的孤独。那将是永久的孤独。

不过，请允许我继续以钟爱的目光注视着马，注视着这高贵、漂亮、诚实、热爱劳动、善良的另一种动物。人类生活得太苦了，人类为了进步付出的代价太大了，人类文明的进程进行得太缓慢了，人类距离那尽善尽美的时光太遥远了。有时候，我真希望那第一个走出森林、直起身子的是马。

但是理智告诉我，还得探索，还得前行，为了第一个猴子开始的事业。

张兴源在自家窑洞里打呼噜，半个世界都听到了

兴源和我认识得很早了。早在我在《延安报》编副刊的时候，就知道他，见到他。他出道很早，而且一张口就语惊四座。那首当时给他带来声誉的朗诵诗《献给青年》，就是今天读起来，仍然热血沸腾。我查了一下写作时间，是1991年3月27日。那阵子是舒婷的风头刚过，汪国真正预热着他即将的风靡。记得我1992年去北京交稿，见到我的责编朱珂青女士，朱老师说，他的一个老部下小汪，突然给火了，火得一塌糊涂。还记得我1995年去大连开会，参观时和舒婷坐在一起，我说，向你致敬，你将载入百年新诗史。舒婷说，你是说我老了吗？我说，误会，我是说你将成为历史人物。我是在赞美你。今天我在阅读这首名叫《献给青年》的长诗时，想起上面那两个诗坛旗帜性人物，我想兴源也许在那个时候，再扑腾扑腾，会进入那个档次的。

我给很多朋友说过人是环境的产物这个观点。我说，当年西安城里有两个大书法家，一个叫于右任，一个叫王雪樵。于右任往远处走，往南京走，往上海走，往日本走，往台湾走。王雪樵是往近处走，往榆林走，往神木走，往二郎山走。结果，后来于右任成了一个世界格局的书法家，王雪樵则成了家乡的一个乡贤。当然我的

这种说法也只是一种说法，人的命运各各有异。不过大抵的规律是这样的。

兴源后来上了北京鲁迅文学院。那是中国作协办的。1994年10月中旬我去北京送稿，鲁迅文学院领导得到我到京的消息后，委托兴源邀请我去为他们高研班去讲了一堂课。他说，在我讲课之前，阎纲先生来鲁院讲课时已经说了，当学员课堂上问及阎纲，浪漫派文学一路，在中国当下还有血脉传承吗？阎老回答，有的，至少我们还有个高建群，还有个张承志。人都是爱听好话的，爱听肯定自己的话的，所以我听了这话，心里满足了好几天。

兴源大约在鲁迅文学院上完学，就又暂别京华，缩回陕北他那一张邮票大小的地方去了。他好像不善于与人交际（这也是我的弱点），别的上过这个文学院的作家，呼朋呼类，总是拉扯来一大帮，而兴源，静悄悄地，在独立地做他的事，行走着他的命运。

2003年年底前，西影厂准备改编筹拍《最后一个匈奴》，女一号将由著名演员史可扮演。史可想提前进入角色，于是，我们去了延安。去时，已经调到延安报日社的兴源和葆铭他们都来了。当晚，我们聚在一起，度过了一个左拉、莫泊桑式的"梅塘之夜"。

我们这又断了联系许多年。但我知道他还在写作，他好像还出过一次车祸，等等等等。不过，他那脚蹬旅游鞋，一身牛仔服，蓬松着头发的形象，总叫我时时想起。这好像已经成为他的固定形象，我第一次见他时，他就是这身装束，最近这次，他背着厚厚的四大本文集，来约我写这个序时，亦是这身装束。

陕北人的脸上，永远带着一种愁苦的表情，而兴源，除了这份愁苦之外，还有一种恍惚，一种被文学这个魔魇般的东西死死缠住，死死箍住，无法挣脱的表情。那情形，仿佛是白雪公主被施了魔法，锁在一座塔里一样。

这次兴源来到西安，当他把那四卷本文集递到我的手中的时候，我抚摸着书的封面，百感交集。我痛彻地感觉到了，他一直在努力，这是一位被雪藏，被社会忽视和怠慢了的作家。我长叹一声，铺开宣纸，为这部文集写下这么一段话——

"在陕北高原通往外部世界的道路上，横七竖八躺倒着许多的失败者。但是一代又一代，仍然有最勇敢的人们踏上道路。他们相信奇迹会在自己身上出现，他们愿意把自己当作祭品，为缪斯之神献上。

"这是宿命。一代又一代陕北人的宿命。而我在这里着重想指出的是，从他们仰望星空，产生这种梦想的那一刻，从他们战战兢兢，从自家窑院迈向大世界的那一刻，他们就是胜利者了。

"谨以此，寄语《张兴源选集》，并延安、榆林的所有文学同仁们。高建群。2020·5·4于西安。"

这段话后来在网上发了，引起一片赞声。一位凤凰卫视的编导在网上说，你的"他们仰望星空，产生这种梦想的那一刻，他们就是胜利者了"这一段话，让他们这些"在路上"的人们，听了热泪盈眶。

接下来，过了一段时间，延安要开个"张兴源作品研讨会"，请我写个贺信。于是在楼下的丰庆公园里，一条石凳上，我用手机短信，写了下面的话。写的时候，那些老男人老女人们，正在旁边的亭子里吼着秦腔，声音震得我的耳膜轰轰直响。

"延安市作家协会：欣闻张兴源文学作品研讨会召开，谨致以祝贺之意。我因为琐事多，无法抽身，要么，真想去见一见各位老朋友，吃一吃志丹的羊肉。兴源是从志丹，从延安走出来的作家。志丹县是中国文联、中国作协的前身之一，全国文艺抗敌协会（简称'文抗'）的成立之地。所谓的'保安人物一时新'。而延安，则更是以他的历史地位，当年从中走出过一批文艺大家。我想，延安之所以代有辈出，与这些前辈的文学感召有关（他们告诉给了后来者一个高度），与这块土地深厚的文学底蕴有关。而作家张兴源，正是这陕北作家群中，佼佼的一个。

"他出道应当有三十多年了吧！三更灯火五更鸡，笔耕不辍，勤勉有加，自己给自己施加压力，写了这么厚的多卷本文集，且具有较高的质量，这些都叫人感动。一个社会的人，他同时还得承担着养家糊口的职责，社会的人生俗务。兴源能将这一切都做得这么好，实属不易。

"当年兴源上鲁迅文学院时，还是一个翩翩然追风少年，一身牛仔，英姿勃发，走起路跳跃着走。如今已经六十初度，都有些老意了。岁月啊，且让我们诅咒它。最后呀，借这个机会，问候所有延安的同道好！高建群。2020·7·7于西安。"

研讨会据说开得很成功。会上宣读了我的贺信，同时也宣读了国务院参事忽培元先生的贺信。培元也是一位从延安走出来的作家，当年他上延大时，他在行署当秘书时，他后来又回来挂职时，我们没少踢撂过。他能写很好的小说，当年也曾经踌躇满志，视天下为无物呀！

想来爱英、翠琴、厚夫、小溪、世华、葆铭、志旺、侯波等等这些延安文坛的大佬们也都来了。一地一域，总有一些人物存在，他们自觉地或不自觉地担负着文化传承的责任。我在许多场合讲过，支撑起中华文化大厦的，正是散布在广袤大地上的这些可敬的人们。

兴源以他四十年的诚实劳动，收获了这厚厚的四卷文集，如今请我写序，我不能敷衍，尽管我很忙。于是我把这四卷本砖头一样的书，从工作室搬到家里，一篇一篇文章地看，一本书一本书地读。

文集四卷，第一卷是《张兴源诗选》，第二卷是《张兴源散文选》，第三卷是《张兴源报告文学选》，第四卷是《张兴源通讯特写选》。

我认真地读了这些文章。我真的很忙。前年电视台组织欧亚大穿越，丝路万里行，我是文化大使。最近出版社给我配了个编辑，每天我连写带说，要出稿三千字。书名叫《丝绸之路千问千答》。如今我写这篇文字，就是每天完成那本书工作量以后，下午来写它。

我是依次来看兴源的作品的。我还是喜欢他当年写的那些诗的。这读者从本文开头那我对《献给青年》的夸赞有加，就可以看出。那一阵兴源的诗写得真好，捧着这些诗稿像捧着一团火。陕北人心气高，在志丹那个山旮旯打呼噜，他希望全世界都听到。他的写故乡的诗，他的对杏子河的赞美，他的长诗《岁月》和《土地》，这些都是真正的诗，一流的诗。他是一位天生的诗人。读完诗集，再读散文集。他的那些怀乡思亲的散文，那些作家论，都是些可读的好文章。尤其是那组文言散文和文言小说，写得真好呀。我知道，那是很不容易，很吃功夫的。由此我真诚地感觉到了，他像一个魔术师和"阴谋家"，在他的斗室里，一砖一石地建立着自己的艺术帝国的故事，他希望得到理解和肯定。他相信，我是一位长者，是多年的朋友，是他命中应该出现的那个人。

那些纪实类文字，我也都浏览过了。这些文字，一方面是对这块土地的赞美，对那些人们的赞美，同时也挣点稿费，让他的家人过得更好些。全国各地的文人都是这个样子的，你得向生活低头。记得我那一年去榆林，我问当年我联系的那些作者都到哪里去了，他们说，都去给企业写报告文学了。那一年我去深圳，给房地产老板打工的人物，竟是王小妮和徐敬亚。我说，你们是朦胧诗的标志性人物呀，怎么沦落到这地步了。他们说，我感觉良好呀，生活得很滋润呀！听了这话，我不知说什么好。

好了，这篇文字就写到这里吧！

谨以这篇文字，向兴源的文学成就祝贺。印象派画家雷诺阿说，当终于买得起上等的牛排的时候，我口中的牙齿已经所剩无几了。于我，常有这样的感慨，于六十初度的兴源老弟来说，大约亦会有这样的感慨。比如，我在写这篇文字的时候，就觉写得很慢，文笔很滞涩。

不过还有一段日子的，我们还可以做许多事情的。苍龙日暮还行雨。也许我们在不经意间，又会抱一个大部头出来。

我最后再说一遍，张兴源，他在自家窑洞里打呼噜，半个世界有耳朵的人都听到了！

2020年8月3日于西安

一卷在握读懂中国，一树婆娑度你度我

2500多年以前，佛教起源于古印度。尔后，一路走陆路，翻越葱岭，进入塔里木盆地。两位身披黄金袈裟，骑着白马的西域高僧，顺着业已被张骞踩出的丝绸之路，有一天走到洛阳城。东汉的第二位皇帝，将高僧安置在当时负责外交事务的鸿胪寺里。时汉明帝敕令在洛阳西雍门外兴建僧院，为纪念白马驮经，取名"白马寺"。"寺"字即源于"鸿胪寺"之"寺"字。自此以后，中国人供奉香火的比丘和比丘尼居住的地方，就叫成了寺院。

佛教自海路而来，大约也得力于海上丝绸之路的开通。有确凿记载的是广游五印，西行求法第一人法显，陆去海还，历经14年。回程时，在加尔各答港口登船，又在今天斯里兰卡滞留两年，尔后，搭载一条商船，用8个月的时间，抵达青岛。法显的晚年，在道场寺同佛陀跋陀罗、宝云等专心译经。

有意思的是，法显在斯里兰卡，见到一棵树枝斑驳、树形高大的菩提树。传说，这是印度国阿育王的妹妹，当年走海路弘法，乘坐一艘载有一棵菩提树苗的小船，来到这被称为狮子国的地方，栽种下的圣树。

"菩提本无树"，或者换言之说，世界上原来是没有"菩提树"这个树名的。那树原名叫毕钵罗树。释迦牟尼尊者在毕钵罗树下成佛，身后发出万道菩提光，从此毕钵罗树就被叫作菩提树。

印度国在我们的秦始皇所处的时代，也出了一个伟大的王，他叫阿育王，阿育王建立的王朝叫孔雀王朝。阿育王统一了五印大地86个邦国，建立了王朝。眼见得大地上血流成河，阿育王望着自己的沾满鲜血的双手，痛苦万分，于是决心放下屠刀，立地成佛。阿育王在释祖当年所经之处，都建立佛塔、石柱、修筑精舍（寺院），并破八塔为八万四千塔，在世界各地起塔，以供奉佛祖真身舍利。

我是一个文化人，一个当代小说家，我都写了30多本书了。我的长篇小说《最后一个匈奴》，引发中国文坛的"陕军东征"现象。我的长篇小说《大平原》获得最高国家奖——中宣部"五个一工程"奖，且名列长篇小说榜首。我的另一部长篇小说《统万城》，则获得另一类国家奖——新闻出版广电总署优秀图书奖，亦名列长篇榜首，该书英文版则获得加拿大"大雅风"文学奖。

中国的传统文化人，学问做到高深处，年岁熬到老迈时，往往会自觉不自觉地走近佛陀，走进庙堂，寻找最高智慧，寻找心灵慰藉。这样的例子有很多，而我也没有能够例外。

2013年，是一代高僧鸠摩罗什大行1600周年。陕西的草堂寺约我写一部大传，与此同时，一位民营企业家将终南山沣峪口山上的六千亩地征购，筹建恢复唐翠微寺遗址事宜。这里曾是唐朝的皇家寺院，李世民都是在这家寺院驾崩的。

在翠微寺遗址的一棵大树下，大家公推我做这筹建中的翠微寺的主持（当然只个名义而已）。我说，那我得有个法号才对。大家说，就叫答应和尚吧，取"有问必答，有求必应"之意。盛情难却，于是我以一首偈作答，算是应允。"我本西来一沙弥，流落民间年许多。剃去三千烦恼丝，不辞长作岭上客。"

《我的菩提树》是我 2017 年完成的一部重要作品。"一卷在握，读懂中国；一树婆娑，度你度我。"是我为这部书选的副标题。这是对我们有着 5000 年历史的东方文明板块的一次庄严巡礼，崇高致敬！我们是谁？我们从哪里来？又向哪里去？我们为什么长成现在这个样子，而不是别的样子？在我们之前，这个世界都发生过哪些重要的事情、产生过哪些重要的人物、产生过哪些古老的智慧等。这些是支撑这本书的主要内容。

它写了支撑中华文明大厦的三根支柱——儒释道的产生及其流变。而其中以主要篇幅写了大教东流、落地生根的佛教进入中国的全过程。重点写了法显、鸠摩罗什、玄奘的事迹。鲁迅先生称玄奘为"中华民族的脊梁"，西方哲学家则认为鸠摩罗什是东方文明的底盘。

《我的菩提树》一书的写作，是从我 60 岁生日那天动笔的，到 63 岁生日时完成，也就是说用了整整 3 年的时间。写作这本书的原因，除了我已经有了许多的知识准备，胸中的激情等待夺路而出时，还得益于一个直接的起因。

玄奘 60 岁生日那天，感到自己时日不多了，而重要的一件事情，翻译他西天取经，从那烂陀寺带回来一部经典《大般若经》，还没有译出。于是前往洛阳，面见唐高宗李治，希望皇家能为他找个僻静的去处，心无旁骛，将这部佛家第一经典译完。这样，高僧来到玉华宫肃成院，开始译经。62 岁生日时，经书译完。尔后，高僧双手合十，盘腿危坐，说了句，"我早就厌恶我这有毒的身子了。我在这个世界上该做的事情已经做完了。该是告别的时辰了！"说完气绝而尽。

在这些高僧面前，我意识到自己的卑微，意识到了当代人的卑微。是的，60岁生日一过，我的来日也许就不很多了，我得拣重要的事情来做，我得写一本充满智慧的书，将它像遗嘱一样留给身后的世界。

《我的菩提树》交由北京十月出版社出版后，风靡一时，一印再印。我想，印刷厂那印刷机，这大半年来大约一直轰轰个不停。而最叫我感动和最叫我振奋的是，广州的一批民营企业家，对《我的菩提树》一书给予了高度的重视和尊重。他们拿走了该书的港台繁体竖排版授权，从而计划印刷100万册，以派发的形式免费送读者。这是一。第二，则是在世界范围内栽种100万棵菩提树。而今天，我们在广东四会六祖慧能禅寺栽种的菩提树，当是这100万棵菩提树的第一棵，即0000001号。还有第三个大动作，那就是拍摄108集佛教文化专题片《我的菩提树》，该拍摄如今正在进行中。

六祖慧能，令人高山仰止的佛教人物啊！他是南宗的开山祖师，第一尊者。能将这第一号树栽在这禅宗的祖庭，慧能祖师修持和讲学的一方净土，是一种光荣。

六祖慧能有一个弟子，叫怀让，是陕西安康人。六祖讲经，问众弟子："何以得见我佛？"众弟子皆不能答。唯独弟子怀让答曰："见莲花开如见我佛。"六祖大喜，遂传衣钵给怀让。这是六祖和陕西人的一段故事。大家知道，"花开见佛"后来成为佛家著名的一句偈语。

那么，我们在六祖慧能禅寺栽种的菩提树第一号，则是那段美好佳话的又一次延续。当然，较之古人，我们只是一群卑微的小人物。但是，拳拳的向善之心、向佛之心，应该说是相通的。

佛教从大的层面来讲，它不仅仅是一种宗教，更是一种文化，是文化达到高深处、极致性的东西，是前人总结的一种大智慧，是人类共有的文化财富。

一千小千世界，构成一个中千世界；一千中千世界，构成一个大千世界；三千大千世界，为一佛之化摄也。这是佛教经典概念之一，玄奘西天取回来的真经之一。北大已故教授季羡林先生则将它译成今文。

今天的人们，将这段佛教原始经典放入电脑，求答案。电脑给出的答案，令人震惊。答案说："三千小千世界，指我们生活的地球；三千中千世界，指的是银河系；三千大千世界，则指的是浩瀚无边的茫茫宇宙。"你看，早在2500多年前，佛教文化就这样认识和解释世界了。

儒释道三教合流，像三根支柱一样，支撑起中华文明大厦数千年不倒。在未来的世纪里，它们还将源源不断地为我们提供智力支持，佑护我们这个古老的东方民族生生不息，香火永续。

或问高僧："从何处来？"高僧答曰："从来处来！"或问高僧："到何处去？"高僧答曰："到去处去！"来处是娘的肚子，去处是化作尘埃！丘山适履皆须弥，草树清凉即菩提。晨方问偈无常态，诗来我正拈花时。

这五十几张面孔上写满了陕北

    陕北高原通往外部世界的道路，一般说来有东西南北四条。往北走，叫北上北草地，这道路走鄂尔多斯，走包头，继而在草原上散漫开来，直达中亚，甚至抵达莫斯科城下。民歌天才王向荣的"大青山高来乌拉山低，马鞭子一甩我回口里。小青马马我喂上二升料，三天的路程我两天到。"说的就是脚夫北走北草地的情景。

    向西走，叫走西口。通常这走西口和北走北草地这两个概念有些混淆。例如山西人常将这两个概念混淆。向西走，过三边，过盐池便进入黄河河套地区，进入贺兰山。这一条路也可以通到很远很远的地方。当年大夏王赫连勃勃立足陕北，就一直溯黄河向上发展，直到攻陷西宁城（西宁当时叫西平，为鲜卑族政权，五胡十六国之一南凉的都城，国王叫秃发傉檀。专家考证说，秃发即"拓跋"，是当时的笔录错误）。

    第三条道路则是向东，隔黄河而望山西。晋陕峡谷地面，有很多的黄河渡口，这些渡口令陕北高原与晋西北高原相接。陕北民歌中的船工号子，就是这样产生的。我推测，在大禹治水，凿开龙门之前，这两块高原是连在一起的。例如龙门附近的这座山，叫梁山，而山西境内的这座山，叫吕梁山。大禹治水，将山拦腰斩断，于是黄河水得以滔滔而泻，于是千百年来的奔流冲刷，勒出这黄河晋陕山谷一道深渠。

第四条道路叫"下南路"或叫"走南路"。这是陕北父老说了几千年的一个词儿了。也就是南下关中，进入富庶的农耕地区，进入千古帝王之都长安城。通常，春天有了几星雨，趁墒情，农人把种子撒进土里，尔后背上褡裢，挂个打狗棍，脖子上再挂个唢呐，就下南路讨饭去了。秋收前再回来收割。冬天则猫在窑里，这叫"猫冬"。说起下南路，这里需要提及一条古老的道路——秦直道。道路沿陕甘分水岭——子午岭而筑，北抵内蒙古包头，南至关中平原的淳化县甘泉宫，是秦时修的古代高速公路。许多著名人物的下南路，就走的这一条道路。例如攻陷长安城的赫连勃勃。

呜呼，在这通往外部世界的道路上，一代一代的陕北人都试图走出。他们怀着斯巴达克斯式堂吉诃德式的梦想试图走出闭塞的空间，走向外部世界。他们相信奇迹会在自己身上出现。

他们基本上都是失败者。在道路两旁横七竖八地躺倒着许多的失败者。每一个失败者的额头上都印着命运的印戳。

我在被称为陕北史诗的《最后一个匈奴》中说："在这个地球偏僻的一隅，生活着一群有些奇特的人们。他们固执，他们天真善良，他们心比天高命比纸薄，他们大约有些神经质。"

他们世世代代做着英雄梦想，并且用自身去创造传说。他们是斯巴达克斯和堂吉诃德性格的奇妙结合。他们是生活在高原的最后的骑士，尽管胯下的坐骑已经在两千年前走失，他们把出生叫作'落草'，把死亡叫作'上山'，把生存过程本身叫作'受苦'。

此外，还有一段火辣辣的文字："哦，陕北，我的竖琴是如此热烈地为你而弹响，我的脚步是如此的匆匆，你觉察到我心灵的悸动吗？你看见我挂在腮边的泪花吗？哦，陕北，我们以儿子之于母亲一样的深情，向自遥远而来又向遥远而去的你驻足以礼。你像一架太阳神驾驭的天辇，威仪地行进在历史的长河中，时间的流程中。你深藏不露地微笑着，向前滚动，在半天云外闪露着你的身姿。芸芸众生像蚂蚁一样出没在你庞大的支离破碎的身躯上，希望着和失望着，失望着和希望着。哦，陕北！"

这是阅读一本名曰《京华陕北人》的书时，我在那一瞬间，面对书中这 50 多个或熟识或陌生的陕北面孔时，在那一刻涌上心头的一股潮水般的激情。

这 50 多个文化人都是这块土地上开出的花儿。上苍嫌这一方人类族群太枯焦了，于是给它的地底下蕴藏些煤，蕴藏些石油、天然气，而在单调的黄土高坡上，则让它生长出许多花儿，来装点风景。地有灵气，托花而达。这些书中所描述给我们的陕北文化人，正是这样的高原之子和大地之花呀！

这本书的撰稿者和摄影者，也是这样的花儿，而且是行走的花儿。他们的劳动值得社会称赞和褒扬。他们掘地三尺，把陕北这座文化富矿，把中国这一块特殊地域，展现给你看。在这个熙熙攘攘利来利往的浮躁时代里，他们像苦行僧一样地采访和写作，被一种使命感所驱使，被一种故乡情结所驱使，在完成一件堪称伟大的工作。

我是在 2018 年春天，在陕北高原的统万城遗址上，与他们俩相遇的。王永利先生是资深的媒体人、作家，好像在陕西电视台做过编导，在《人民日报》做过记者（他的文笔简洁、准确、充满力度）。朝阳先生则是一位职业的摄影家。

两人都放下了手头的事情，脱离体制，走向民间，在北京注册了一个文化公司，以宣传陕北文化为业，而这本《京华陕北人》就是他们的业绩之一。

在陕北靖边县城的一个宾馆里，我接受了他们的采访。我说，这样做文化，会饿肚子的。他俩说，还好，能做下去。大约做大了，影响大了，情况会好一些。我在那一刻对这两位苦行僧一样的文化人，充满了敬意。老实说，在这个世界上，能叫我尊敬的文化人，已经不多了。

我写过一部叫《统万城》的长篇小说。西安的一所大学，将它做成 32 集的慕课（一个新名词）。这次，是来统万城为片头拍一些镜头的，顺便也向当地政府通报一下这事。原先说拍大电影，折腾了五六年，还不见眉目。想不到，这个形式便捷的 32 集慕课《统万城》是做成了。

正是在这疮痍满目、地老天荒的统万城遗址里，我遇到这两位先生的。前边我说了，他俩像两个苦行僧，行文至此，觉得说得还不到位，那更准确的说法是，像两个游走者，面容憔悴，衣衫不整，满高原颠沛，为一个文化梦，为一段乡梓情。

每个人都生活在自己的命运中

老百姓有一句话：借别人的摊场，哭自己的恓惶!

——题记

我们每个人都生活在自己的故事中。或者换言之，我们每个人都生活在自己的命运中。你一出生，命运就锁定你了，而你的故事就开始了。

虽然你茫然不知，不知道自己为什么突然莫名的苦恼，或莫名的欢乐；不知道有时候会有厄运，而有时候幸运又来敲你的门。当走过长长的一段弯曲的路时，回首来路，你才明白老天已经对一切都做了安排，你只是一个被动地走着自己人生的人。

不独是我们这些小人物。那些在各个领域都达到峰顶的大人物，当他们抵达峰顶，回首怅望来路的时候，在一瞬间都会脸色苍白：原来他们是被命运之手驱使着行走人生的。甚至那些科学界的泰斗级人物，晚年竟奇怪地皈依了神学，从而相信命运，相信这个世界有主宰者。

我们人类所能看到的有形世界，只是百分之五，而另外的百分之九十五，是为黑暗所遮掩着的，是未知。

佛教的经典中有一段话：一千小千世界，构成了一个中千世界；一千中千世界，构成了一个大千世界；三千大千世界，为一佛之化摄也。唐玄奘去西天，说是要取回真经，而这段话，大约就是他取回来的真经之一吧。一个好事的美国研究者，将这段话放进电脑里，求答案。电脑里给出的答案是：三千小千世界，指的是我们小小地球；三千中千世界，指的是银河系；三千大千世界，则指的是茫茫宇宙。

佛教在创世纪的遥远年代里，就站在宇宙之巅，来关照和解释世界了。这叫人惊异。而联系到这些年的量子力学的理论的出现，和暗物质被发现，则叫人更为惊异。

这位女作家能写很好的散文，在这个美好的初夏的早晨，我摊开这本名曰《一半烟火，一半清欢》的文章结集，细细拜读，我的脑子里嗡嗡作响，浮现出上面那一大段话。一支芦苇在风中嗡嗡作响，那是一支会思想的芦苇呀！

文字简洁、直接、深刻。这是我对文学描写的三个苛刻要求。作者都从容不迫地做到了。这源于她的真诚——真诚地对待文学，真诚地将自己一颗炽热的心，端到读者面前。

前辈作家孙犁说过，千万不要拿架子，一端架子，就先失败了一半。我看到一些明明白白的失败者，写着写着就找不着自己了。这原因就是他"装"。读者是最聪明明白的，你稍稍一玩虚的，读者就不买你的账了。

闫群的散文更大的一个特点是，她对故乡的描写，对父母的描写，对孩子的描写，对环绕在她身边的各种苦恼人生的描写，表现了一个深陷万丈红尘中的女子，睁开眼看世界的过程。这情景中，正是我文章前面所说：我们每个人都生活在自己的故事中，自己的命运中。——而这个故事的主角在讲自己，仿佛舞台上的人物在内心独白一样。

这一刻我想起俄罗斯文坛一件掌故。当普希金看到年轻的果戈理发表在《现代人》上的《狄康卡近乡夜话》以后，他约果戈理来到家中，他说，年轻人，在拥有了这样的才华，这样的早期写作训练以后，你是不是应当尝试着写一点大的东西了。我这里有一个酝酿了很久的题材，你把它拿起写吧！——这就是俄罗斯现当代文学第一部长篇小说《死魂灵》产生的经过。

中国文学想要达到世界的高度，大约还需要漫长的时间。我的第一判断是，也许我们永远达不到，因为我们已习惯了井底之蛙坐在自己的井里，狂欢和聒噪。而我的第二个判断是，也许会达到和超越，那么乞请命运之手，为我们送来一批有大格局的写作者过来。

这两天我模仿了一张石鲁先生的《献花图》，并且题了一段话在上面——一位一贫如洗的女子，路经一座寺院，她没有什么可以为寺院上布施，于是她从山脚下采来一束野花，为佛祖献上。那么这位女子，就是可尊敬的施主，佛祖有理由庇护她，帮助她和赞美她。——这是写在克孜尔千佛洞崖壁上的一段话。那个伟大的智者，号称西域第一高僧的鸠摩罗什，就出生在那里。公元四○一年他来到作者的家乡户县草堂寺，四一三年时圆寂于此。

你看我一不小心写成了一篇重要文章。

是为序。

2022年5月12日于西安

高建群小传

高建群，男，汉族，1953年12月出生，祖籍陕西省西安市临潼区。国家一级作家，著名小说家、散文家、画家、文化学者，"陕军东征"现象代表人物，被誉为当代文坛难得的具有崇高感和理想主义的写作者，浪漫派文学"最后的骑士"。历任陕西省文联第四届、第五届副主席，陕西省作家协会第四届、第五届、第六届副主席，陕西文化交流协会名誉会长，西安交通大学、西北大学客座教授，西安航空学院人文学院院长，大秦印社名誉社长等。享受国务院政府特殊津贴。被《中国作家》杂志社授予当代最具影响力的作家，陕西省委省政府授予终身艺术成就奖等。

其代表作有《最后一个匈奴》《大平原》《统万城》《遥远的白房子》《伊犁马》《我的菩提树》《大刈镰》等。长篇小说《最后一个匈奴》在北京研讨会上引发中国文坛"陕军东征"现象。据此改编的三十集电视连续剧《盘龙卧虎高山顶》在央视播出。《大平原》获中宣部"五个一工程"奖，名列长篇小说榜首；《统万城》获国家新闻出版广电总局优秀图书奖，名列长篇小说榜首，其英文版获加拿大国际"大雅风"文学奖。高建群也是第一个在凤凰卫视《世纪大讲堂》演讲的内地作家。

高建群履历

1976年，以组诗《边防线上》踏入文坛。

1987年，以中篇小说《遥远的白房子》引起文坛强烈轰动。

1989年，担任延安地区文联（代）主席兼《延安文学》主编。

1993年，当选为陕西省作家协会副主席。

1993年，长篇小说《最后一个匈奴》出版，被誉为中国式的《百年孤独》，陕北高原史诗。

1993年至1995年，挂职黄陵县委副书记，专职创作，其代表作《最后一个匈奴》即为挂职期间出版。

1997年，参与央视十频道开播策划，并与周涛、毕淑敏共同担纲央视纪录片《中国大西北》总撰稿。该片荣获中宣部"五个一工程"奖。

2002年，当选为陕西省文联副主席。

2005年至2007年，挂职西安高新区党工委委员、管委会副主任。长篇小说《大平原》即在此期间酝酿成型。

2013年7月，被聘为西安航空学院文学院首任院长。

2017年9月，被聘为西北大学丝绸之路研究院研究员。

2020年5月，被聘为大秦印社名誉社长。

2020年7月，西安高新区文联成立，当选为第一届主席。

高建群创作年表

　　《边防线上》（组诗）：发表于《解放军文艺》1976年8月号，责任编辑：李瑛、纪鹏、韩瑞亭、雷抒雁。

　　《0.01——血液与红泥》（诗歌）：发表于《延河》1979年2月号，责任编辑：汪炎。

　　《将军山》（诗歌）：发表于《延河》1979年8月号，责任编辑：闻频。

　　《杜梨花》（短篇小说）：发表于《延河》1980年2月号，责任编辑：杨明春。

　　《很久以前的一堆篝火》（散文）：发表于《延安日报》1984秋，责任编辑：杨葆铭。

　　《人生百味》（诗歌）：发表于《星星》诗刊1985年，责任编辑：叶延滨。

　　《五月的哀歌》（叙事诗）：发表于《叙事诗丛刊》1985年，责任编辑：潘万提。

　　《现代生活启示录》（系列散文）：发表于《文学家》1985年，责任编辑：陈泽顺。

　　《新千字散文》（散文集）：1987年，陕西人民教育出版社出版，约稿编辑：陈绪万，责任编辑：赵常安。

《遥远的白房子》（中篇小说）：发表于《中国作家》1987年第5期，约稿编辑：朱小羊，责任编辑：陈卡。《中篇小说选刊》《小说选刊》《小说月报》《新华文摘》《解放军文艺》等进行了转载。2013年，台湾风云时代公司出版繁体单行本。2014年，陕西师范大学出版总社出版简体单行本。

《给妈妈》（诗歌）：发表于日本《福井新闻》1988年3月17日，责任编辑：前川幸雄。

《骑驴婆姨赶驴汉》（中篇小说）：发表于《中国作家》1988年第6期，责任编辑：杨志广。

《伊犁马》（中篇小说）：发表于《开拓文学》1989年第3、4期合刊，责任编辑：叶梅珂。2007年，四川文艺出版社出版单行本。

《老兵的母亲》（中篇小说）：发表于《中国作家》1989年第5期，责任编辑：杨志广。

《雕像》（中篇小说）：发表于《中国作家》1991年第4期，责任编辑：杨志广。

《为了第一个猴子开始的事业》（创作谈）：发表于《解放军文艺》1991年第8期，约稿编辑：周政保，责任编辑：丁临一。

《东方金蔷薇》（散文集）：1991年，陕西人民教育出版社出版，责任编辑：田和平。

《陕北论》（散文）：发表于《人民文学》1991年，责任编辑：韩作荣，《散文选刊》转载。

《你们与延安杨家岭同在》（散文）：发表于《人民文学》1992年第6期，约稿编辑：崔道怡。

《史诗与二十世纪》（创作谈）：发表于《文学报》1992年5月，责任编辑：李俊玉。

《达摩克利斯之剑》（短篇小说）：发表于《青年文学》1992年第10期，责任编辑：康洪伟。

《最后一个匈奴》（长篇小说）：1993年，作家出版社出版，责任编辑：朱珩青。1994年，香港天地图书公司、台湾汉湘文化发展公司分别于香港、台湾出版繁体版。2001年，中国青年出版社出版。2006年，北京十月文艺出版社出版，2016年再版。2011年，陕西人民出版社出版《高建群图画〈最后一个匈奴〉》。2012年，长江文艺出版社出版，2014年再版。2012年，台湾风云时代公司再版繁体版。2013年，太白文艺出版社出版。2014年，陕西师范大学出版总社出版《最后一个匈奴》（手稿版）。

《我从白房子走来》（文学自传）：发表于《陕西日报》1993年6月，责任编辑：刘春生。

《出国的诱惑》（中篇小说）：发表于《延安文学》1993年第2期。

《我如何个死法》（散文）：发表于《美文》1993年第7期，责任编辑：刘亚丽。

《一个梦的三种诠释形式》（中篇小说）：发表于《飞天》1993年第5期，约稿编辑：孟丁山，责任编辑：刘岸。

《家族故事》（中篇小说）：发表于《漓江》1993年，约稿编辑：王蓬。

《祭奠美丽瞬间》（散文）：发表于《文友》1993年，责任编辑：王琪玖。

《茶摊》（中篇小说）：发表于《延河》1993年第7期，约稿编辑：陈忠实，责任编辑：张艳茜。

《白房子人物》（系列散文）：发表于《西北军事文学》1994年第2期，约稿编辑：王久辛，责任编辑：张春燕。

《匈奴与匈奴以外》（创作谈）：1994年，陕西人民教育出版社出版，策划编辑：张继华，责任编辑：刘孟泽。

《张家山幽默》（短篇小说系列）：发表于《延河》1994年第4期、第9期，责任编辑：张艳茜。

《陕北剪纸女》（散文）：发表于《美文》1994年第9期，责任编辑：刘亚丽。

《女人是巫》（散文）：发表于《女友》1994年第8期，责任编辑：孙珙。

《大顺店》（中篇小说）：1994年，陕西人民出版社出版。1995年，发表于《小说家》第1期，约稿编辑：闻树国。1995年，改编为同名电影，北京电影制片厂出品。

《六六镇》（长篇小说）：1994年，陕西人民出版社出版。2007年重新修订，易名《最后的民间》由文汇出版社出版。

《丹华的故事》（系列散文）：发表于《深圳风采》1994年第10、11期，约稿编辑：吴重龙。

《马镫革》（中篇小说）：发表于《小说家》1995年第2期，约稿编辑：闻树国。

《女人的要塞》（散文）：发表于《女友》1995年第2期，责任编辑：孙珙。

《古道天机》（长篇小说）：1998年，中国文联出版社出版，责任编辑：叶梅珂。2007年重新修订，易名《最后的远行》由华龄出版社出版。2011年，陕西人民出版社再版。

《愁容骑士》（长篇小说）：1998年，中国文联出版公司出版。2000年，广州出版社再版。2000年，台湾逗点公司出版繁体版。

《我在北方收割思想》（散文集）：2000年，四川文艺出版社出版，责任编辑：林文询。

《穿越绝地——罗布泊腹地神秘探险之旅》（散文集）：2000

年，湖南文艺出版社出版，责任编辑：龚湘海。2014年，修订后易名《罗布泊档案：罗布泊腹地探险之旅揭秘》由陕西师范大学出版总社再版。

《白房子》（小说集）：2002年，陕西师范大学出版社出版。

《西地平线》（散文集）：2002年，上海人民出版社出版。

《惊鸿一瞥》（散文集）：2002年，群众出版社出版。

《胡马北风大漠传》（散文集）：2003年，上海东方出版社出版。2008年，在台湾地区发行繁体版。

《刺客行》（小说集）：2004年，太白文艺出版社出版，责任编辑：韩霁虹。

《狼之独步：高建群散文选粹》（散文集）：2008年，东方出版中心出版。

《大平原》（长篇小说）：2009年，北京十月文艺出版社出版。2016年该出版社再版。2012年，台湾风云时代公司出版《大平原》（繁体版）。2014年，陕西师范大学出版总社出版《大平原》（手稿版）。

《统万城》（长篇小说）：2013年，太白文艺出版社出版，责任编辑：韩霁虹，2016年该社再版。2013年，台湾风云时代公司出版《统万城》（繁体版），责任编辑：陈晓琳。2014年，陕西师范大学出版总社出版《统万城》（手稿版）。

《独步天下》（书画集）：2013年，陕西人民出版社出版。

《生我之门》（散文集）：2016年，未来出版社出版。

《我的菩提树》（长篇小说）：2016年，北京十月文艺出版社出版。

《相忘于江湖》（散文集）：2017年，北京时代华文书局出版。

《大刈镰》（长篇小说）：2018年，三秦出版社出版。

《我的黑走马——游牧者简史》（长篇小说）：2019年，陕西师范大学出版总社出版。

《来自东方的船》（散文集）：2020年，陕西旅游出版社出版。

《丝绸之路千问千答》（文化读本）：2021年，西北大学出版社出版。

《最后一个匈奴（30周年纪念版）》：2022年，陕西师范大学出版总社出版。

社 会 评 价

我劝大家注意，高建群是一个很大的谜，一个很大的未知数。

——著名作家 路 遥

我一直想找机会请教一下高先生，匈奴这个强悍的骁勇的游牧民族，怎么说消失就从人类历史进程中消失得无影无踪了。

——著名作家 金 庸

大家说高建群骄傲、自负、目空天下。我这里想说的是，中国这么大，有这么多人口，如果没有几个像高建群这样自信心极强的作家，那才是不正常的。

——中国社会科学院文学研究所研究员 蔡 葵

春秋多佳日，西北有高楼。

——著名作家 张贤亮

高建群是一位从陕北高原向我们走来的略带忧郁色彩的行吟诗人，一位周旋于历史与现实两大空间且从容自如的舞者，一个善于讲庄严"谎话"的人。

——中国作家协会原副主席　高洪波

高建群的创作，具有古典精神和史诗风格，是中国文坛罕见的一位具有崇高感和理想主义色彩的写作者。《大平原》把家族史兜个底掉，看后让我很感动，也很心痛，唤起我对故乡、对农村的情感，唤起我强烈的根的意识。我没想到高建群在"潜伏"多年之后突然拿出如此有分量的作品。

——中国作家协会原副主席　高洪波

《大平原》有内在的惊心动魄，写家族的尊严、生存的繁衍史，实际上是写我们民族强韧的生命力。这部长篇淋漓尽致地发挥了书写"命运"的优势，不是写一个人的命运，而是写了三代人的命运，厚重感非常强。

——著名评论家　胡　平

高建群对《大平原》中的女性人物都满怀敬意和温情。为了家族立足，高安氏骂街骂了半年，成为一道风景。用这种方式起到的威慑作用，来捍卫高家人生存的权利。顾兰子是书中的灵魂式人物，也是这部书苍凉的体现。

——著名评论家　雷　达

《大平原》基于高安氏、顾兰子等乡村女人的坚韧形象，这部新"乡土女性小说"中女人比男人强，乡土文明决定了女性在乡土生活里面所具有的支配性。

——著名评论家　孟繁华

《最后一个匈奴》进京的盛况如在目前。27年了，它远远跳过速朽期！27年了，它的风采依旧！27年了，人们——特别是陕西读者没有忘记它，了不起啊！

——著名文艺评论家　阎　纲

作为延安的一位文艺战线上的老战士，听到介绍，《最后一个匈奴》这部长篇小说写了大革命时期以来的三代人的命运，直到现在的改革开放时期，这还是过去没有人写过的重要题材，我很高兴！我祝贺这部作品出版，并获得成功！

——原文化部副部长、中国文联党组副书记　陈荒煤

27年前，《最后一个匈奴》在北京引发轰动一时的"陕军东征"，至今在文学界仍是一个历史性的重要话题，一段难忘的记忆。

——《人民文学》杂志原常务副主编　周　明

高建群的《遥远的白房子》，给我们许多启示，它也许预兆了小说艺术未来发展的某些趋势——难道，小说艺术在经过了几百年的艰难探索，它又回到讲故事这个始发点上了吗？

——北京师范大学教授、中国当代文学研究会理事　蒋原伦

如果不把《最后一个匈奴》这部中国当代文学的红色经典，变成一部电视剧，那是我们影视人的羞愧。

——央视著名制片人　李功达

《大平原》能拍一部大电影。我把中国的导演，脑子里过了一遍，最合适的这个导演叫吴天明。《大平原》中描写的那些事情，我全经历过。我父亲是解放后第一任三原县委书记，我自小就是在那一片土地上长大的。

——著名导演　吴天明